PRÉSENTATION

Ce conte pose un problème capital pour la genèse et l'évolution du genre chez Voltaire. En effet, Micromégas *a été publié en 1752 pendant le séjour de Voltaire en Prusse, et le manuscrit de l'œuvre, telle qu'elle a paru sous ce titre, est attesté dans la correspondance au début de 1751. De fait, jusqu'à une époque relativement récente, la critique littéraire a toujours placé* Micromégas *entre* Zadig *et* Candide. *Mais après les remarquables travaux de I. O. Wade, on a tendu à admettre que le* Micromégas *de 1752 serait semblable, à quelques différences près, dont le nom du héros, au* Voyage du baron de Gangan *que Voltaire envoie à Frédéric au mois de juin 1739, après l'avoir annoncé dès le 25 avril.*

Micromégas offre avec ce que nous savons de Gangan des ressemblances assez frappantes, et la tentation est grande d'assimiler, dans leurs grandes lignes, ces deux œuvres l'une à l'autre. Voltaire semble autoriser une telle démarche, qui déclare, en juin 1752, au directeur de la Bibliothèque impartiale que son Micromégas *est une « ancienne plaisanterie ». Enfin, les allusions constantes qu'on y trouve à une certaine actualité, les thèmes philosophiques qui s'en déga-*

gent, nous ramenent invariablement aux préoccupations du Voltaire de Cirey vers les années 1737-1739.

Micromégas et le Saturnien arrivent « à terre sur le bord septentrional de la mer Baltique, le cinq juillet mil sept cent trente-sept, nouveau style » : exactement le jour où une expédition de savants fait naufrage dans le golfe de Botnie. Il s'agit donc très précisément de l'aventure qui arriva à Maupertuis et à ses collègues, et qui fit grand bruit à l'époque, en particulier chez les habitants de Cirey, passionnés pour les exploits de ces « nouveaux Argonautes ». Voltaire relatera toute l'histoire par le menu dans la troisième partie des Éléments de la philosophie de Newton *(1738). Une application des lois de la gravitation, combinée à la théorie des forces centrifuges, avait fait supposer à Newton que la terre était un sphéroïde aplati aux pôles. Des mesures inexactes d'une méridienne tirée entre les Pyrénées et l'Observatoire laissèrent croire pendant quelque cinquante ans que cette supposition était fausse. C'était un démenti flagrant infligé aux théories newtoniennes. Mais vint Maupertuis, et son expédition au pôle rétablit les théories du grand Newton dans leur plus éclatante vérité. Cette vérification spectaculaire fut donc un des grands moments de la science newtonienne : on exultait à Cirey. Maupertuis et ses compagnons étaient glorifiés comme les échantillons les plus rares de l'espèce humaine. Ainsi Micromégas s'extasie-t-il devant ces « atomes intelligents, dans qui l'Être éternel s'est plu à manifester son adresse et sa puissance [...] ». De fait, dans toute cette aventure, et à part leur querelle finale sur la nature de l'âme, les savants-philosophes font assez honorable figure. Même en admettant que Voltaire eût été bâtir un conte sur une actualité refroidie depuis quinze ans, il aurait fait preuve à Berlin d'une particulière maladresse en allant choisir dans la carrière de Maupertuis, avec qui il était en train de se brouiller mortellement, l'épisode le plus glorieux de son épopée newtonienne.*

*C'est avant tout l'*esprit *du système de Newton qui s'exalte à travers* Micromégas. *L'oppression du plein est dissipée. L'infini se fait rassurant : le gouffre de Pascal n'est plus qu'une immensité limpide et sereine. Il y a de quoi être légèrement grisé :* Micromégas, *de fait, respire une sorte d'allégresse cosmique, une ivresse de la transparence et de la communication.*

Enfin cette excursion à travers les mondes, cette confrontation entre leurs habitants, montrent la vanité qu'il y aurait à vouloir sortir de soi-même pour échapper à sa condition planétaire. La réponse à nos faiblesses et à nos grandeurs, c'est à l'échelle du cosmos qu'on la trouve, mais non pas au sens où Pascal avait tenté délibérément de situer l'homme entre deux abîmes, celui de l'infiniment grand et celui de l'infiniment petit, pour que, pris de vertige, il réalisât qu'il était un « monstre incompréhensible ». Tout autre est le propos de Voltaire : l'homme est à sa place dans la « grande chaîne des êtres » tendue par la Providence, et cette idée même est éminemment rassurante. Dépossédé de ce caractère de créature exceptionnelle que lui confère la religion chrétienne, il est de ce fait délivré d'un lourd fardeau, celui du péché originel. Cette perspective d'ensemble, fondamentale dans Micromégas, *Voltaire l'emprunte à Pope, dont il songe* *alors à traduire l'*Essay on Man, *et qu'il imite bientôt dans ses* Discours en vers sur l'homme. *Locke, Newton, Pope, triple parrainage anglo-saxon sur ce qu'on peut appeler l'humanisme de Cirey, et sur un conte qui en reflète fidèlement l'atmosphère.*

C'est dans cette rigoureuse perspective que s'est opérée la rencontre entre Voltaire et la tradition du voyage extraordinaire, vieille sans doute comme le monde, et assez vivace chez les anciens pour que Lucien s'y réfère déjà dans son Histoire véritable. *Au cours du* XVIIe *siècle, cet aspect du genre connaît une faveur croissante, et se teinte déjà de philosophie : la* Nova Atlantis *de Bacon (1627) est une utopie scientifique, la* Civitas Solis *de Campanella (1637) ainsi que l'*Oceania *de Carrington (1656) sont des utopies religieuses et sociales.*

À l'intérieur de cette abondante littérature, il est une tradition qui ne pouvait manquer de retenir la curiosité de Voltaire : favorisé par le développement des recherches scientifiques dans le domaine de l'astronomie et de la cosmographie, le « voyage interplanétaire » connaît une vogue sans précédent au XVIIe *et au début du* XVIIIe *siècle, et ne peut manquer d'attirer l'attention des philosophes de Cirey. Si, dans le roman de Godwin,* Un homme dans la lune *(1638), l'auteur ne tire guère parti d'un héros espagnol qui se trouve emporté de planète en planète par un volatile, les* États et empires de la lune, *de Cyrano de Bergerac (1657), dans leur fantaisie souvent délirante, ne négligent pas les ressources philosophiques du thème.*

Le roman de l'abbé Bordelon : Gomgam ou l'Homme prodigieux, transporté dans l'air, sur la terre et sous les eaux *(1711), n'a guère comme intérêt que de nous montrer comme le thème est vivant à l'aube du XVIIIe siècle. C'est à Swift, dans ses* Voyages de Gulliver *(1726), qu'il appartenait d'amener le genre à son plus haut degré d'intellectualisation avant Voltaire. Swift, c'est d'une certaine façon le « Rabelais d'Angleterre [...], mais c'est un Rabelais sans fatras et le livre serait très amusant par lui-même par les imaginations singulières dont il est plein, par la légèreté de son style, etc., quand il ne serait pas d'ailleurs la satire du genre humain » (à Thiériot, 2 février 1727). Situé au centre des préoccupations de Swift, l'homme est à la fois, dans les* Voyages de Gulliver, *en effet, le héros et le sujet de toutes les expériences. Voltaire, qui emprunte tant à Swift dans ce sens, va réaliser avec* Micromégas *un pas de plus dans la conversion philosophique du merveilleux. La tradition qui met en scène un voyageur humain, forcément borné dans ses perspectives, lorsqu'il est confronté à des réalités inconnues, avec tous les cheminements et les tâtonnements qu'elle implique, ne lui semble sans doute pas assez directe : il l'intègre à une autre tradition, celle de l'observateur étranger-visiteur-juge, qui court dans le roman français depuis la fin du XVIIe siècle et s'est illustrée par les* Lettres persanes *(1721). Il y a dans* Micromégas *interversion des rôles : ces êtres, qui ne sont pas des hommes, et dont on attend la vérité, on ne va pas à leur rencontre ; ce sont eux qui se déplacent pour venir juger l'humanité, avec l'infaillibilité que leur confère une nature supérieure. Par ce renversement de perspectives, Voltaire amène sa fiction à un rare degré de pureté philoso-*

phique : avec Micromégas, *il réussit à faire un conte où l'affabulation ait le caractère d'une hypothèse, les aventures successives une allure d'expérience, et le dénouement la forme d'une conclusion.*

JACQUES VAN DEN HEUVEL

MICROMÉGAS

Histoire philosophique

CHAPITRE PREMIER

Voyage d'un habitant du monde de l'étoile Sirius dans la planète de Saturne

Dans une de ces planètes qui tournent autour de l'étoile nommée Sirius, il y avait un jeune homme de beaucoup d'esprit, que j'ai eu l'honneur de connaître dans le dernier voyage qu'il fit sur notre petite fourmilière ; il s'appelait Micromégas, nom qui convient fort à tous les grands. Il avait huit lieues de haut : j'entends, par huit lieues, vingt-quatre mille pas géométriques de cinq pieds chacun.

Quelques algébristes, gens toujours utiles au public, prendront sur-le-champ la plume, et trouveront que, puisque monsieur Micromégas, habitant du pays de Sirius, a de la tête aux pieds vingt-quatre mille pas, qui font cent vingt mille pieds de roi, et que nous autres, citoyens de la terre, nous n'avons guère que cinq pieds, et que notre globe a neuf mille lieues de tour ; ils trouveront, dis-je, qu'il faut absolument que le globe qui l'a produit ait au juste vingt et un millions six cent mille fois plus de circonférence que notre petite terre. Rien n'est plus simple et plus ordinaire dans la nature. Les états de quelques souverains d'Allemagne ou d'Italie, dont on peut faire le tour en une demi-heure, comparés à l'empire de Turquie, de Moscovie ou de la Chine, ne sont qu'une très faible image des prodigieuses différences que la nature a mises dans tous les êtres.

La taille de Son Excellence étant de la hauteur que j'ai dite, tous nos sculpteurs et tous nos peintres conviendront sans peine que sa ceinture peut avoir cinquante mille pieds de roi de tour ; ce qui fait une très jolie proportion.

Quant à son esprit, c'est un des plus cultivés que nous ayons ; il sait beaucoup de choses, il en a inventé quelques-unes : il n'avait pas encore deux cent cinquante ans, et il étudiait, selon la coutume, au collège des jésuites de sa planète, lorsqu'il devina, par la force de son esprit, plus de cinquante propositions d'Euclide. C'est dix-huit de plus que Blaise Pascal, lequel, après en avoir deviné trente-deux en se jouant, à ce que dit sa sœur[1], devint depuis un géomètre assez médiocre et un fort mauvais métaphysicien. Vers les quatre cent cinquante ans, au sortir de l'enfance, il disséqua beaucoup de ces petits insectes qui n'ont pas cent pieds de diamètre, et qui se dérobent aux microscopes ordinaires ; il en composa un livre fort curieux, mais qui lui fit quelques affaires. Le muphti de son

1. Dans *La Vie de M. Pascal écrite par Mme Périer, sa sœur.*

pays, grand vétillard et fort ignorant, trouva dans son livre des propositions suspectes, malsonnantes, téméraires, hérétiques, sentant l'hérésie, et le poursuivit vivement : il s'agissait de savoir si la forme substantielle des puces de Sirius était de même nature que celle des colimaçons. Micromégas se défendit avec esprit ; il mit les femmes de son côté ; le procès dura deux cent vingt ans. Enfin le muphti fit condamner le livre par des jurisconsultes qui ne l'avaient pas lu, et l'auteur eut ordre de ne paraître à la cour de huit cents années.

Il ne fut que médiocrement affligé d'être banni d'une cour qui n'était remplie que de tracasseries et de petitesses. Il fit une chanson fort plaisante contre le muphti, dont celui-ci ne s'embarrassa guère ; et il se mit à voyager de planète en planète, pour achever de se former *l'esprit et le cœur*, comme l'on dit[1]. Ceux qui ne voyagent qu'en chaise de poste ou en berline seront sans doute étonnés des équipages de là-haut : car nous autres, sur notre petit tas de boue, nous ne concevons rien au-delà de nos usages. Notre voyageur connaissait merveilleusement les lois de la gravitation, et toutes les forces attractives et répulsives. Il s'en servait si à propos que, tantôt à l'aide d'un rayon du soleil, tantôt par la commodité d'une comète, il allait de globe en globe, lui et les siens, comme un oiseau voltige de branche en branche. Il parcourut la voie lactée en peu de temps ; et je suis obligé d'avouer qu'il ne vit jamais, à travers les étoiles dont elle est

1. Cette expression était devenue une manière de cliché. Cf. *Les Egarements du cœur et de l'esprit*, de Crébillon fils (1736-1738).

semée, ce beau ciel empyrée que l'illustre vicaire Derham se vante[1] d'avoir vu au bout de sa lunette. Ce n'est pas que je prétende que M. Derham ait mal vu, à Dieu ne plaise ! mais Micromégas était sur les lieux, c'est un bon observateur, et je ne veux contredire personne. Micromégas, après avoir bien tourné, arriva dans le globe de Saturne. Quelque accoutumé qu'il fût à voir des choses nouvelles, il ne put d'abord, en voyant la petitesse du globe et de ses habitants, se défendre de ce sourire de supériorité qui échappe quelquefois aux plus sages. Car enfin Saturne n'est guère que neuf cents fois plus gros que la terre, et les citoyens de ce pays-là sont des nains qui n'ont que mille toises de haut ou environ. Il s'en moqua un peu d'abord avec ses gens, à peu près comme un musicien italien se met à rire de la musique de Lulli[2], quand il vient en France. Mais, comme le Sirien avait un bon esprit, il comprit bien vite qu'un être pensant peut fort bien n'être pas ridicule pour n'avoir que six mille pieds de haut. Il se familiarisa avec les Saturniens, après les avoir étonnés. Il lia une étroite amitié avec le secrétaire de l'Académie de Saturne[3], homme de

1. Cette « vantardise » de Derham se trouve dans l'*Astro-theology, or a Demonstration of the being and attributes of God from a survey of the heavens*, Londres, 1715.

2. Voltaire a toujours défendu la musique de Lulli contre la musique italienne. Voir notamment *Le Temple du goût* (1733) :

Aux lois de notre goût Lulli sut se ranger ;
Il embellit notre art, au lieu de le changer.

3. Le « secrétaire de l'Académie de Saturne » est manifestement Fontenelle, qui, avec les grâces déjà surannées de ses *Entretiens sur la pluralité des Mondes* (1686), est singulièrement à l'ordre du jour en 1738 dans le milieu de Cirey.

beaucoup d'esprit, qui n'avait à la vérité rien inventé, mais qui rendait un fort bon compte des inventions des autres, et qui faisait passablement de petits vers et de grands calculs. Je rapporterai ici, pour la satisfaction des lecteurs, une conversation singulière que Micromégas eut un jour avec monsieur le secrétaire.

CHAPITRE SECOND

Conversation de l'habitant de Sirius avec celui de Saturne

Après que Son Excellence se fut couchée, et que le secrétaire se fut approché de son visage : « Il faut avouer, dit Micromégas, que la nature est bien variée. — Oui, dit le Saturnien, la nature est comme un parterre dont les fleurs… — Ah ! dit l'autre, laissez là votre parterre. — Elle est, reprit le secrétaire, comme une assemblée de blondes et de brunes dont les parures… — Et qu'ai-je affaire de vos brunes ? dit l'autre. — Elle est donc comme une galerie de peintures dont les traits… — Eh non ! dit le voyageur, encore une fois la nature est comme la nature. Pourquoi lui chercher des comparaisons ? — Pour vous plaire, répondit le secrétaire. — Je ne veux point qu'on me plaise, répondit le voyageur, je veux qu'on m'instruise ; commencez d'abord par me dire combien les hommes de votre globe ont de sens. — Nous en avons soixante et douze, dit l'académicien ; et nous nous plaignons tous les jours du peu. Notre imagination va au-delà de nos besoins ; nous trouvons qu'avec nos soixante et douze sens, notre anneau, nos cinq lunes[1], nous sommes trop bornés ; et, malgré toute notre curiosité et le nombre assez grand de passions qui résultent de nos soixante et douze sens, nous avons tout le temps de nous ennuyer. — Je le crois bien, dit Micromégas ; car dans notre globe nous avons près de mille sens, et il nous reste encore je ne sais quel désir vague, je ne sais quelle inquiétude, qui nous avertit sans cesse que nous sommes peu de chose, et qu'il y a des êtres beaucoup plus parfaits. J'ai un peu voyagé ; j'ai vu des mortels fort au-dessous de nous ; j'en ai vu de fort supérieurs ; mais je n'en ai vu aucuns qui n'aient plus de désirs que de vrais besoins, et plus de besoins que de satisfaction. J'arriverai peut-être un jour au pays où il ne manque rien ; mais jusqu'à présent personne ne m'a donné de nouvelles positives de ce pays-là. » Le Saturnien et le Sirien s'épuisèrent alors en conjectures ; mais, après beaucoup de raisonnements, fort ingénieux et fort incertains, il en fallut revenir aux faits. « Combien de temps vivez-vous ? dit le Sirien. — Ah ! bien peu, répliqua le petit homme de Saturne. — C'est tout comme chez nous, dit le Sirien : nous nous plaignons toujours du peu. Il faut que ce soit une loi universelle de la nature. — Hélas ! nous ne vivons, dit le Saturnien, que cinq cents grandes révolutions du soleil. (Cela revient à quinze mille ans ou environ, à compter à notre manière.) Vous voyez bien que c'est mourir

1. Du temps de Voltaire, on ne connaissait effectivement que cinq satellites de la lune.

presque au moment que l'on est né ; notre existence est un point, notre durée un instant, notre globe un atome À peine a-t-on commencé à s'instruire un peu que la mort arrive avant qu'on ait de l'expérience. Pour moi, je n'ose faire aucuns projets ; je me trouve comme une goutte d'eau dans un océan immense. Je suis honteux, surtout devant vous, de la figure ridicule que je fais dans ce monde. »

Micromégas lui repartit : « Si vous n'étiez pas philosophe, je craindrais de vous affliger en vous apprenant que notre vie est sept cents fois plus longue que la vôtre ; mais vous savez trop bien que quand il faut rendre son corps aux éléments, et ranimer la nature sous une autre forme, ce qui s'appelle mourir ; quand ce moment de métamorphose est venu, avoir vécu une éternité ou avoir vécu un jour, c'est précisément la même chose. J'ai été dans des pays où l'on vit mille fois plus longtemps que chez moi, et j'ai trouvé qu'on y murmurait encore. Mais il y a partout des gens de bon sens qui savent prendre leur parti et remercier l'auteur de la nature. Il a répandu sur cet univers une profusion de variétés, avec une espèce d'uniformité admirable. Par exemple, tous les êtres pensants sont différents, et tous se ressemblent au fond par le don de la pensée et des désirs. La matière est partout étendue ; mais elle a dans chaque globe des propriétés diverses. Combien comptez-vous de ces propriétés diverses dans votre matière ? — Si vous parlez de ces propriétés, dit le Saturnien, sans lesquelles nous croyons que ce globe ne pourrait subsister tel qu'il est, nous en comptons trois cents, comme l'étendue, l'impénétrabilité, la mobilité, la gravitation, la divisibilité, et le reste.

— Apparemment, répliqua le voyageur, que ce petit nombre suffit aux vues que le Créateur avait sur votre petite habitation. J'admire en tout sa sagesse ; je vois partout des différences, mais aussi partout des proportions. Votre globe est petit, vos habitants le sont aussi ; vous avez peu de sensations ; votre matière a peu de propriétés : tout cela est l'ouvrage de la Providence. De quelle couleur est votre soleil, bien examiné ? — D'un blanc fort jaunâtre, dit le Saturnien ; et quand nous divisons un de ses rayons, nous trouvons qu'il contient sept couleurs. — Notre soleil tire sur le rouge, dit le Sirien, et nous avons trente-neuf couleurs primitives. Il n'y a pas un soleil, parmi tous ceux dont j'ai approché, qui se ressemble, comme chez vous il n'y a pas un visage qui ne soit différent de tous les autres. »

Après plusieurs questions de cette nature, il s'informa combien de substances essentiellement différentes on comptait dans Saturne. Il apprit qu'on n'en comptait qu'une trentaine, comme Dieu, l'espace, la matière, les êtres étendus qui sentent, les êtres étendus qui sentent et qui pensent, les êtres pensants qui n'ont point d'étendue, ceux qui se pénètrent, ceux qui ne se pénètrent pas, et le reste. Le Sirien, chez qui on en comptait trois cents, et qui en avait découvert trois mille autres dans ses voyages, étonna prodigieusement le philosophe de Saturne. Enfin, après s'être communiqué l'un à l'autre un peu de ce qu'ils savaient et beaucoup de ce qu'ils ne savaient pas, après avoir raisonné pendant une révolution du soleil, ils résolurent de faire ensemble un petit voyage philosophique.

CHAPITRE TROISIÈME

Voyage de deux habitants de Sirius et de Saturne

Nos deux philosophes étaient prêts à s'embarquer dans l'atmosphère de Saturne, avec une fort jolie provision d'instruments mathématiques, lorsque la maîtresse du Saturnien, qui en eut des nouvelles, vint en larmes faire ses remontrances. C'était une jolie petite brune qui n'avait que six cent soixante toises, mais qui réparait par bien des agréments la petitesse de sa taille. « Ah, cruel ! s'écria-t-elle, après t'avoir résisté quinze cents ans, lorsque enfin je commençais à me rendre, quand j'ai à peine passé deux cents ans entre tes bras, tu me quittes pour aller voyager avec un géant d'un autre monde ; va, tu n'es qu'un curieux, tu n'as jamais eu d'amour ; si tu étais un vrai Saturnien, tu serais fidèle. Où vas-tu courir ? Que veux-tu ? Nos cinq lunes sont moins errantes que toi, notre anneau est moins changeant. Voilà qui est fait, je n'aimerai jamais plus personne. » Le philosophe l'embrassa, pleura avec elle, tout philosophe qu'il était, et la dame, après s'être pâmée, alla se consoler avec un petit-maître du pays.

Cependant nos deux curieux partirent ; ils sautèrent d'abord sur l'anneau, qu'ils trouvèrent assez plat, comme l'a fort bien deviné un illustre habitant de notre petit globe[1] ; de là ils allèrent aisément de lune en lune.

1. L'« illustre habitant de notre petit globe » est Huyghens,

Une comète passait tout auprès de la dernière ; ils s'élancèrent sur elle avec leurs domestiques et leurs instruments. Quand ils eurent fait environ cent cinquante millions de lieues, ils rencontrèrent les satellites de Jupiter. Ils passèrent dans Jupiter même, et y restèrent une année, pendant laquelle ils apprirent de fort beaux secrets, qui seraient actuellement sous presse sans messieurs les inquisiteurs, qui ont trouvé quelques propositions un peu dures. Mais j'en ai lu le manuscrit dans la bibliothèque de l'illustre archevêque de..., qui m'a laissé voir ses livres avec cette générosité et cette bonté qu'on ne saurait assez louer.

Mais revenons à nos voyageurs. En sortant de Jupiter, ils traversèrent un espace d'environ cent millions de lieues, et ils côtoyèrent la planète de Mars, qui, comme on sait, est cinq fois plus petite que notre petit globe ; ils virent deux lunes qui servent à cette planète, et qui ont échappé aux regards de nos astronomes. Je sais bien que le père Castel[1] écrira, et même assez plaisamment, contre l'existence de ces deux lunes ; mais je m'en rapporte à ceux qui raisonnent par analogie. Ces bons philosophes-là savent combien il serait difficile que Mars, qui est si loin du soleil, se passât à moins de deux lunes. Quoi qu'il en soit, nos gens trouvèrent cela si petit qu'ils craignirent de n'y pas trouver de quoi

auteur du *Systema saturnium* (1659), savant pour lequel Voltaire a beaucoup de respect, comme il apparaît dans son *Siècle de Louis XIV*.

1. Castel, savant jésuite (1688-1757), est l'inventeur du célèbre « clavecin oculaire ». Il publia un *Traité de la pesanteur universelle* (1724, 2 vol.), où il tente de défendre le système de Descartes contre celui de Newton.

coucher, et ils passèrent leur chemin, comme deux voyageurs qui dédaignent un mauvais cabaret de village et poussent jusqu'à la ville voisine. Mais le Sirien et son compagnon se repentirent bientôt. Ils allèrent longtemps, et ne trouvèrent rien. Enfin ils aperçurent une petite lueur ; c'était la terre : cela fit pitié à des gens qui venaient de Jupiter. Cependant, de peur de se repentir une seconde fois, ils résolurent de débarquer. Ils passèrent sur la queue de la comète et, trouvant une aurore boréale toute prête, ils se mirent dedans, et arrivèrent à terre sur le bord septentrional de la mer Baltique, le cinq juillet mil sept cent trente-sept, nouveau style.

CHAPITRE QUATRIÈME

Ce qui leur arrive sur le globe de la terre

Après s'être reposés quelque temps, ils mangèrent à leur déjeuner deux montagnes que leurs gens leur apprêtèrent assez proprement. Ensuite ils voulurent reconnaître le petit pays où ils étaient. Ils allèrent d'abord du nord au sud. Les pas ordinaires du Sirien et de ses gens étaient d'environ trente mille pieds de roi ; le nain de Saturne suivait de loin en haletant ; or il fallait qu'il fît environ douze pas quand l'autre faisait une enjambée : figurez-vous (s'il est permis de faire de telles comparaisons) un très petit chien de manchon qui suivrait un capitaine des gardes du roi de Prusse.

Comme ces étrangers-là vont assez vite, ils eurent fait le tour du globe en trente-six heures ; le soleil, à la vérité, ou plutôt la terre, fait un pareil voyage en une journée ; mais il faut songer qu'on va bien plus à son aise quand on tourne sur son axe que quand on marche sur ses pieds. Les voilà donc revenus d'où ils étaient partis, après avoir vu cette mare, presque imperceptible pour eux, qu'on nomme *la Méditerranée*, et cet autre petit étang, qui, sous le nom du *grand Océan*, entoure la taupinière. Le nain n'en avait eu jamais qu'à mi-jambe, et à peine l'autre avait-il mouillé son talon. Ils firent tout ce qu'ils purent en allant et en revenant dessus et dessous pour tâcher d'apercevoir si ce globe était habité ou non. Ils se baissèrent, ils se couchèrent, ils tâtèrent partout ; mais, leurs yeux et leurs mains n'étant point proportionnés aux petits êtres qui rampent ici, ils ne reçurent pas la moindre sensation qui pût leur faire soupçonner que nous et nos confrères les autres habitants de ce globe avons l'honneur d'exister.

Le nain, qui jugeait quelquefois un peu trop vite, décida d'abord qu'il n'y avait personne sur la terre. Sa première raison était qu'il n'avait vu personne. Micromégas lui fit sentir poliment que c'était raisonner assez mal : « Car, disait-il, vous ne voyez pas avec vos petits yeux certaines étoiles de la cinquantième grandeur que j'aperçois très distinctement ; concluez-vous de là que ces étoiles n'existent pas ? — Mais, dit le nain, j'ai bien tâté. — Mais, répondit l'autre, vous avez mal senti. — Mais, dit le nain, ce globe-ci est si mal construit, cela est si irrégulier et d'une forme qui me paraît si ridicule ! tout semble être ici dans le chaos : voyez-vous ces petits ruisseaux dont aucun ne va de droit fil, ces étangs qui ne sont ni ronds, ni carrés, ni ovales, ni sous aucune forme régulière ; tous ces petits grains pointus dont ce globe est hérissé, et qui m'ont écorché les pieds ? (Il voulait parler des montagnes.) Remarquez-vous encore la forme de tout le globe, comme il est plat aux pôles, comme il tourne autour du soleil d'une manière gauche, de façon que les climats des pôles sont nécessairement incultes ? En vérité, ce qui fait que je pense qu'il n'y a ici personne, c'est qu'il me paraît que des gens de bon sens ne voudraient pas y demeurer. — Eh bien ! dit Micromégas, ce ne sont peut-être pas non plus des gens de bon sens qui l'habitent. Mais enfin il y a quelque apparence que ceci n'est pas fait pour rien. Tout vous paraît irrégulier ici, dites-vous, parce que tout est tiré au cordeau dans Saturne et dans Jupiter. Eh ! c'est peut-être par cette raison-là même qu'il y a ici un peu de confusion. Ne vous ai-je pas dit que dans mes voyages j'avais toujours remarqué de la variété ? » Le Saturnien répliqua à toutes ces raisons. La dispute n'eût jamais fini, si par bonheur Micromégas, en s'échauffant à parler, n'eût cassé le fil de son collier de diamants. Les diamants tombèrent : c'étaient de jolis petits carats assez inégaux, dont les plus gros pesaient quatre cents livres, et les plus petits cinquante. Le nain en ramassa quelques-uns ; il s'aperçut, en les approchant de ses yeux, que ces diamants, de la façon dont ils étaient taillés, étaient d'excellents microscopes. Il prit donc un petit microscope de cent soixante pieds de diamètre, qu'il appliqua à sa prunelle ; et Micromégas en choisit un de deux mille cinq cents pieds. Ils étaient excellents ; mais d'abord on ne vit rien par leur secours : il fallait s'ajuster. Enfin l'habitant de Saturne vit quelque chose d'imperceptible qui remuait entre deux eaux dans la mer Baltique : c'était une baleine. Il la prit avec le petit doigt fort adroitement, et, la mettant sur l'ongle de son pouce, il la fit voir au Sirien, qui se mit à rire pour la seconde fois de l'excès de petitesse dont étaient les habitants de notre globe. Le Saturnien, convaincu que notre monde est habité, s'imagina bien vite qu'il ne l'était que par des baleines ; et, comme il était grand raisonneur, il voulut deviner d'où un si petit atome tirait son mouvement, s'il avait des idées, une volonté, une liberté. Micromégas y fut fort embarrassé : il examina l'animal fort patiemment[1], et le résultat de l'examen fut qu'il n'y avait pas moyen de croire qu'une âme fût logée là. Les deux voyageurs inclinaient donc à penser qu'il n'y a point d'esprit dans notre habitation, lorsqu'à l'aide du microscope ils aperçurent quelque chose de plus gros qu'une baleine qui flottait sur la mer Baltique. On sait que dans ce temps-là même une volée de philosophes revenait du cercle polaire, sous lequel ils avaient été faire des observations dont personne ne s'était avisé jusqu'alors[2]. Les gazettes dirent

1. Cet « examen patient » résulte d'une application scrupuleuse de la « méthode des essais et des erreurs », telle qu'elle avait été définie par Locke.

2. Il s'agit, très précisément, de l'aventure qui arriva à Maupertuis et à ses collègues, laquelle fit grand bruit à l'époque, en particulier dans le cercle de Cirey. L'expédition avait quitté Dunkerque

que leur vaisseau échoua aux côtes de Botnie, et qu'ils eurent bien de la peine à se sauver; mais on ne sait jamais dans ce monde le dessous des cartes. Je vais raconter ingénument comme la chose se passa, sans y rien mettre du mien, ce qui n'est pas un petit effort pour un historien.

CHAPITRE CINQUIÈME

Expériences et raisonnements des deux voyageurs

Micromégas étendit la main tout doucement vers l'endroit où l'objet paraissait, et, avançant deux doigts et les retirant par la crainte de se tromper, puis les ouvrant et les serrant, il saisit fort adroitement le vaisseau qui portait ces messieurs, et le mit encore sur son ongle, sans le trop presser de peur de l'écraser. « Voici un animal bien différent du premier», dit le nain de Saturne; le Sirien mit le prétendu animal dans le creux de sa main. Les passagers et les gens de l'équipage, qui

---

le 2 mai 1736, à destination de Tornea. Les opérations de mesure du méridien furent achevées au début de 1737. Le départ pour la France eut lieu le 10 juin. Le bateau subit de fortes avaries au cours d'une tempête, effectivement le long des côtes de Botnie, et ne put être réparé que le 18 juillet. Voltaire et Mme du Châtelet s'étaient enthousiasmés pour l'expédition, et la fausse nouvelle du naufrage dans le golfe de Botnie, démentie quelques jours après, causa une vive sensation dans la petite société.

s'étaient crus enlevés par un ouragan, et qui se croyaient sur une espèce de rocher, se mettent tous en mouvement ; les matelots prennent des tonneaux de vin, les jettent sur la main de Micromégas, et se précipitent après. Les géomètres prennent leurs quarts de cercle, leurs secteurs, et des filles lapones[1], et descendent sur les doigts du Sirien. Ils en firent tant qu'il sentit enfin remuer quelque chose qui lui chatouillait les doigts : c'était un bâton ferré qu'on lui enfonçait d'un pied dans l'index ; il jugea, par ce picotement, qu'il était sorti quelque chose du petit animal qu'il tenait. Mais il n'en soupçonna pas d'abord davantage. Le microscope, qui faisait à peine discerner une baleine et un vaisseau, n'avait point de prise sur un être aussi imperceptible que des hommes. Je ne prétends choquer ici la vanité de personne, mais je suis obligé de prier les importants de faire ici une petite remarque avec moi : c'est qu'en prenant la taille des hommes d'environ cinq pieds, nous ne faisons pas sur la terre une plus grande figure qu'en ferait, sur une boule de dix pieds de tour, un animal qui aurait à peu près la six cent millième partie d'un pouce en hauteur. Figurez-vous une substance qui pourrait tenir la terre dans sa main, et qui aurait des organes en proportion des nôtres ; et il se peut très bien faire qu'il y ait un grand nombre de ces substances : or concevez, je vous prie, ce qu'elles penseraient de ces batailles, qui nous ont valu deux villages qu'il a fallu rendre.

Je ne doute pas que si quelque capitaine des grands

1. Maupertuis avait ramené effectivement deux Lapones, qui défrayèrent la chronique parisienne.

grenadiers lit jamais cet ouvrage, il ne hausse de deux grands pieds au moins les bonnets de sa troupe ; mais je l'avertis qu'il aura beau faire, et que lui et les siens ne seront jamais que des infiniment petits.

Quelle adresse merveilleuse ne fallut-il donc pas à notre philosophe de Sirius pour apercevoir les atomes dont je viens de parler ! Quand Leuwenhoek et Hartsoeker[1] virent les premiers, ou crurent voir, la graine dont nous sommes formés, ils ne firent pas à beaucoup près une si étonnante découverte. Quel plaisir sentit Micromégas en voyant remuer ces petites machines, en examinant tous leurs tours, en les suivant dans toutes leurs opérations ! comme il s'écria ! comme il mit avec joie un de ses microscopes dans les mains de son compagnon de voyage ! « Je les vois, disaient-ils tous deux à la fois ; ne les voyez-vous pas qui portent des fardeaux, qui se baissent, qui se relèvent ? » En parlant ainsi, les mains leur tremblaient, par le plaisir de voir des objets si nouveaux et par la crainte de les perdre. Le Saturnien, passant d'un excès de défiance à un excès de crédulité, crut apercevoir qu'ils travaillaient à la propagation. *Ah !* disait-il, *j'ai pris la nature sur le fait.* Mais il se trompait sur les apparences, ce qui n'arrive que trop, soit qu'on se serve ou non de microscopes.

1. Leuwenhoek (1632-1723) et Hartsoeker (1656-1725), physiciens et naturalistes hollandais célèbres par leurs expériences sur les spermatozoïdes.

CHAPITRE SIXIÈME

Ce qui leur arrive avec des hommes

Micromégas, bien meilleur observateur que son nain, vit clairement que les atomes se parlaient ; et il le fit remarquer à son compagnon, qui, honteux de s'être mépris sur l'article de la génération, ne voulut point croire que de pareilles espèces pussent se communiquer des idées. Il avait le don des langues, aussi bien que le Sirien ; il n'entendait point parler nos atomes, et il supposait qu'ils ne parlaient pas. D'ailleurs, comment ces êtres imperceptibles auraient-ils les organes de la voix, et qu'auraient-ils à dire ? Pour parler, il faut penser, ou à peu près ; mais, s'ils pensaient, ils auraient donc l'équivalent d'une âme. Or, attribuer l'équivalent d'une âme à cette espèce, cela lui paraissait absurde. « Mais, dit le Sirien, vous avez cru tout à l'heure qu'ils faisaient l'amour. Est-ce que vous croyez qu'on puisse faire l'amour sans penser et sans proférer quelque parole, ou du moins sans se faire entendre ? Supposez-vous d'ailleurs qu'il soit plus difficile de produire un argument qu'un enfant ? Pour moi, l'un et l'autre me paraissent de grands mystères. — Je n'ose plus ni croire ni nier, dit le nain ; je n'ai plus d'opinion. Il faut tâcher d'examiner ces insectes, nous raisonnerons après. — C'est fort bien dit », reprit Micromégas ; et aussitôt il tira une paire de ciseaux dont il se coupa les ongles, et d'une rognure de l'ongle de son pouce il fit sur-le-champ une espèce de grande trompette parlante comme un vaste entonnoir, dont il mit le tuyau dans son oreille. La circonférence de l'entonnoir enveloppait le vaisseau et tout l'équipage. La voix la plus faible entrait dans les fibres circulaires de l'ongle ; de sorte que grâce à son industrie le philosophe de là-haut entendit parfaitement le bourdonnement de nos insectes de là-bas. En peu d'heures il parvint à distinguer les paroles, et enfin à entendre le français. Le nain en fit autant, quoique avec plus de difficulté[1]. L'étonnement des voyageurs redoublait à chaque instant. Ils entendaient des mites parler d'assez bon sens : ce jeu de la nature leur paraissait inexplicable. Vous croyez bien que le Sirien et son nain brûlaient d'impatience de lier conversation avec les atomes : il craignait que sa voix de tonnerre, et surtout celle de Micromégas, n'assourdît les mites sans en être entendue. Il fallait en diminuer la force. Ils se mirent dans la bouche des espèces de petits cure-dents, dont le bout fort effilé venait donner auprès du vaisseau. Le Sirien tenait le nain sur ses genoux, et le vaisseau avec l'équipage sur un ongle. Il baissait la tête et parlait bas. Enfin, moyennant toutes ces précautions et bien d'autres encore, il commença ainsi son discours :

« Insectes invisibles, que la main du Créateur s'est plu à faire naître dans l'abîme de l'infiniment petit, je

1. Poncif du voyage imaginaire : la prise de contact avec les habitants d'un autre monde. Comment les comprendre, comment se faire comprendre d'eux ? Comment apparaissent-ils aux voyageurs ? Irrévérence de Voltaire à l'égard d'un procédé éculé, mais aussi peut-être manière de suggérer qu'il peut exister entre les créatures un mode de communication universel.

le remercie de ce qu'il a daigné me découvrir des secrets qui semblaient impénétrables. Peut-être ne daignerait-on pas vous regarder à ma cour ; mais je ne méprise personne, et je vous offre ma protection. »

Si jamais il y a eu quelqu'un d'étonné, ce furent les gens qui entendirent ces paroles. Ils ne pouvaient deviner d'où elles partaient. L'aumônier du vaisseau récita les prières des exorcismes, les matelots jurèrent, et les philosophes du vaisseau firent un système ; mais, quelque système qu'ils fissent, ils ne purent jamais deviner qui leur parlait. Le nain de Saturne, qui avait la voix plus douce que Micromégas, leur apprit alors en peu de mots à quelles espèces ils avaient affaire. Il leur conta le voyage de Saturne, les mit au fait de ce qu'était M. Micromégas, et, après les avoir plaints d'être si petits, il leur demanda s'ils avaient toujours été dans ce misérable état si voisin de l'anéantissement, ce qu'ils faisaient dans un globe qui paraissait appartenir à des baleines, s'ils étaient heureux, s'ils multipliaient, s'ils avaient une âme, et cent autres questions de cette nature.

Un raisonneur de la troupe, plus hardi que les autres et choqué de ce qu'on doutait de son âme, observa l'interlocuteur avec des pinnules braquées sur un quart de cercle, fit deux stations, et, à la troisième, il parla ainsi : « Vous croyez donc, monsieur, parce que vous avez mille toises depuis la tête jusqu'aux pieds, que vous êtes un… — Mille toises ! s'écria le nain. Juste ciel ! d'où peut-il savoir ma hauteur ? mille toises ! Il ne se trompe pas d'un pouce. Quoi ! cet atome m'a mesuré ! Il est géomètre, il connaît ma grandeur ; et moi, qui ne le vois qu'à travers un microscope, je ne connais pas encore la sienne ! — Oui, je vous ai mesuré, dit le physicien, et je mesurerai bien encore votre grand compagnon. » La proposition fut acceptée ; Son Excellence se coucha de son long, car, s'il se fût tenu debout, sa tête eût été trop au-dessus des nuages. Nos philosophes lui plantèrent un grand arbre dans un endroit que le docteur Swift nommerait, mais que je me garderai bien d'appeler par son nom à cause de mon grand respect pour les dames. Puis, par une suite de triangles liés ensemble, ils conclurent que ce qu'ils voyaient était en effet un jeune homme de cent vingt mille pieds de roi.

Alors Micromégas prononça ces paroles : « Je vois plus que jamais qu'il ne faut juger de rien sur sa grandeur apparente. Ô Dieu, qui avez donné une intelligence à des substances qui paraissent si méprisables, l'infiniment petit vous coûte aussi peu que l'infiniment grand ; et, s'il est possible qu'il y ait des êtres plus petits que ceux-ci, ils peuvent encore avoir un esprit supérieur à ceux de ces superbes animaux que j'ai vus dans le ciel, dont le pied seul couvrirait le globe où je suis descendu. »

Un des philosophes lui répondit qu'il pouvait en toute sûreté croire qu'il est en effet des êtres intelligents beaucoup plus petits que l'homme. Il lui conta, non pas tout ce que Virgile a dit de fabuleux sur les abeilles, mais ce que Swammerdam a découvert, et ce que Réaumur a disséqué[1]. Il lui apprit enfin qu'il y a

1. Voltaire fait successivement allusion aux trois auteurs suivants :
– Virgile, *Géorgiques*, liv. IV ;
– Swammerdam (Jan, 1637-1680), auteur d'une *Biblia naturae sive Historia insectorum* ;

des animaux qui sont pour les abeilles ce que les abeilles sont pour l'homme, ce que le Sirien lui-même était pour ces animaux si vastes dont il parlait, et ce que ces grands animaux sont pour d'autres substances devant lesquelles ils ne paraissent que comme des atomes. Peu à peu la conversation devint intéressante, et Micromégas parla ainsi.

CHAPITRE SEPTIÈME

Conversation avec les hommes

« Ô atomes intelligents, dans qui l'Être éternel s'est plu à manifester son adresse et sa puissance, vous devez sans doute goûter des joies bien pures sur votre globe ; car, ayant si peu de matière et paraissant tout esprit, vous devez passer votre vie à aimer et à penser, c'est la véritable vie des esprits. Je n'ai vu nulle part le vrai bonheur, mais il est ici sans doute. » À ce discours, tous les philosophes secouèrent la tête ; et l'un d'eux, plus franc que les autres, avoua de bonne foi que, si l'on en excepte un petit nombre d'habitants fort peu considérés, tout le reste est un assemblage de fous, de méchants et de malheureux. « Nous avons plus de matière qu'il ne nous en faut, dit-il, pour faire beaucoup de mal, si le mal vient de la matière, et trop

– Réaumur, auteur de *Mémoires pour servir à l'histoire des insectes* (1734-1742).

d'esprit, si le mal vient de l'esprit. Savez-vous bien, par exemple, qu'à l'heure que je vous parle il y a cent mille fous de notre espèce, couverts de chapeaux, qui tuent cent mille autres animaux couverts d'un turban, ou qui sont massacrés par eux[1], et que, presque par toute la terre, c'est ainsi qu'on en use de temps immémorial ? » Le Sirien frémit et demanda quel pouvait être le sujet de ces horribles querelles entre de si chétifs animaux. « Il s'agit, dit le philosophe, de quelques tas de boue grands comme votre talon. Ce n'est pas qu'aucun de ces millions d'hommes qui se font égorger prétende un fétu sur ces tas de boue. Il ne s'agit que de savoir s'il appartiendra à un certain homme qu'on nomme *Sultan* ou à un autre qu'on nomme, je ne sais pourquoi, *César*. Ni l'un ni l'autre n'a jamais vu ni ne verra jamais le petit coin de terre dont il s'agit, et presque aucun de ces animaux qui s'égorgent mutuellement n'a jamais vu l'animal pour lequel ils s'égorgent.

— Ah, malheureux ! s'écria le Sirien avec indignation, peut-on concevoir cet excès de rage forcenée ? Il me prend envie de faire trois pas, et d'écraser de trois coups de pied toute cette fourmilière d'assassins ridicules. — Ne vous en donnez pas la peine, lui répondit-on ; ils travaillent assez à leur ruine. Sachez qu'au bout de dix ans il ne reste jamais la centième partie de ces misérables ; sachez que, quand même ils n'auraient pas tiré l'épée, la faim, la fatigue ou l'intempérance les emportent presque tous. D'ailleurs, ce n'est

1. Il y a là une allusion évidente à la guerre austro-russo-turque, qui dura de 1736 à 1739, moment où fut signé le traité de Belgrade.

pas eux qu'il faut punir : ce sont ces barbares sédentaires qui, du fond de leur cabinet, ordonnent, dans le temps de leur digestion, le massacre d'un million d'hommes, et qui ensuite en font remercier Dieu solennellement. »

Le voyageur se sentait ému de pitié pour la petite race humaine, dans laquelle il découvrait de si étonnants contrastes. « Puisque vous êtes du petit nombre des sages, dit-il à ces messieurs, et qu'apparemment vous ne tuez personne pour de l'argent, dites-moi, je vous en prie, à quoi vous vous occupez. — Nous disséquons des mouches, dit le philosophe, nous mesurons des lignes, nous assemblons des nombres, nous sommes d'accord sur deux ou trois points que nous entendons, et nous disputons sur deux ou trois mille que nous n'entendons pas. » Il prit aussitôt fantaisie au Sirien et au Saturnien d'interroger ces atomes pensants pour savoir les choses dont ils convenaient.

« Combien comptez-vous, dit-il, de l'étoile de la Canicule à la grande étoile des Gémeaux ? » Ils répondirent tous à la fois : « Trente-deux degrés et demi. — Combien comptez-vous d'ici à la lune ? — Soixante demi-diamètres de la terre en nombre rond. — Combien pèse votre air ? » Il croyait les attraper, mais tous lui dirent que l'air pèse environ neuf cents fois moins qu'un pareil volume de l'eau la plus légère, et dix-neuf cents fois moins que l'or de ducat. Le petit nain de Saturne, étonné de leurs réponses, fut tenté de prendre pour des sorciers ces mêmes gens auxquels il avait refusé une âme un quart d'heure auparavant.

Enfin Micromégas leur dit : « Puisque vous savez si bien ce qui est hors de vous, sans doute vous savez encore mieux ce qui est en dedans. Dites-moi ce que c'est que votre âme, et comment vous formez vos idées. » Les philosophes parlèrent tous à la fois comme auparavant ; mais ils furent tous de différents avis. Le plus vieux citait Aristote, l'autre prononçait le nom de Descartes, celui-ci de Malebranche, cet autre de Leibnitz, cet autre de Locke. Un vieux péripatéticien dit tout haut avec confiance : « L'âme est une *entéléchie*, et une raison par quoi elle a la puissance d'être ce qu'elle est. C'est ce que déclare expressément Aristote[1], page 633 de l'édition du Louvre : Ἐντελέχεια ἐστι, etc.

— Je n'entends pas trop bien le grec, dit le géant. — Ni moi non plus, dit la mite philosophique. — Pourquoi donc, reprit le Sirien, citez-vous un certain Aristote en grec ? — C'est, répliqua le savant, qu'il faut bien citer ce qu'on ne comprend point du tout dans la langue qu'on entend le moins. »

Le cartésien prit la parole, et dit : « L'âme est un esprit pur, qui a reçu dans le ventre de sa mère toutes les idées métaphysiques, et qui, en sortant de là, est obligée d'aller à l'école, et d'apprendre tout de nouveau ce qu'elle a si bien su et qu'elle ne saura plus. — Ce n'était donc pas la peine, répondit l'animal de huit lieues, que ton âme fût si savante dans le ventre de ta mère, pour être si ignorante quand tu aurais de la barbe au menton. Mais qu'entends-tu par esprit ? — Que me demandez-vous là ? dit le raisonneur, je n'en ai point d'idée : on dit que ce n'est pas de la matière. — Mais sais-tu au moins ce que c'est que de

1. Dans le *De anima*, II, 2.

la matière ? — Très bien, répondit l'homme. Par exemple, cette pierre est grise et d'une telle forme, elle a ses trois dimensions, elle est pesante et divisible. — Eh bien ! dit le Sirien, cette chose qui te paraît être divisible, pesante et grise, me dirais-tu bien ce que c'est ? Tu vois quelques attributs ; mais le fond de la chose, le connais-tu ? — Non, dit l'autre. — Tu ne sais donc point ce que c'est que la matière. »

Alors M. Micromégas, adressant la parole à un autre sage qu'il tenait sur son pouce, lui demanda ce que c'était que son âme, et ce qu'elle faisait. « Rien du tout, répondit le philosophe malebranchiste ; c'est Dieu qui fait tout pour moi ; je vois tout en lui, je fais tout en lui : c'est lui qui fait tout sans que je m'en mêle. — Autant vaudrait ne pas être, reprit le sage de Sirius. Et toi, mon ami, dit-il à un leibnitzien qui était là, qu'est-ce que ton âme ? — C'est, répondit le leibnitzien, une aiguille qui montre les heures pendant que mon corps carillonne ; ou bien, si vous voulez, c'est elle qui carillonne pendant que mon corps montre l'heure ; ou bien mon âme est le miroir de l'univers, et mon corps est la bordure du miroir : cela est clair. »

Un petit partisan de Locke[1] était là tout auprès ; et quand on lui eut enfin adressé la parole : « Je ne sais pas, dit-il, comment je pense, mais je sais que je n'ai jamais pensé qu'à l'occasion de mes sens. Qu'il y ait des substances immatérielles et intelligentes, c'est de quoi je ne doute pas ; mais qu'il soit impossible à

1. En même temps que les idées de Locke, sur lesquelles il revient sans cesse, Voltaire exprime aussi des convictions personnelles. On notera la modestie du personnage, qui ne s'exprime qu'une fois qu'on lui a adressé la parole.

Dieu de communiquer la pensée à la matière, c'est de quoi je doute fort. Je révère la puissance éternelle, il ne m'appartient pas de la borner ; je n'affirme rien, je me contente de croire qu'il y a plus de choses possibles qu'on ne pense. »

L'animal de Sirius sourit : il ne trouva pas celui-là le moins sage ; et le nain de Saturne aurait embrassé le sectateur de Locke, sans l'extrême disproportion. Mais il y avait là, par malheur, un petit animalcule en bonnet carré[1], qui coupa la parole à tous les animalcules philosophes ; il dit qu'il savait tout le secret, que cela se trouvait dans la *Somme* de saint Thomas ; il regarda de haut en bas les deux habitants célestes ; il leur soutint que leurs personnes, leurs mondes, leurs soleils, leurs étoiles, tout était fait uniquement pour l'homme. À ce discours, nos deux voyageurs se laissèrent aller l'un sur l'autre en étouffant de ce rire inextinguible qui, selon Homère, est le partage des dieux ; leurs épaules et leurs ventres allaient et venaient, et dans ces convulsions le vaisseau, que le Sirien avait sur son ongle, tomba dans une poche de la culotte du Saturnien. Ces deux bonnes gens le cherchèrent longtemps ; enfin ils retrouvèrent l'équipage, et le rajustèrent fort proprement. Le Sirien reprit les petites mites ; il leur parla encore avec beaucoup de bonté, quoiqu'il fût un peu fâché dans le fond du cœur de voir que les infiniment petits eussent un orgueil presque infiniment grand. Il leur promit de leur faire un beau livre de phi-

1. L'animalcule en bonnet carré est un docteur de Sorbonne, qui vient soutenir de la manière la plus ridiculement inopportune la thèse de l'anthropocentrisme.

losophie, écrit fort menu pour leur usage, et que dans ce livre ils verraient le bout des choses. Effectivement, il leur donna ce volume avant son départ : on le porta à Paris, à l'Académie des sciences ; mais, quand le secrétaire l'eut ouvert, il ne vit rien qu'un livre tout blanc[1] : *Ah !* dit-il, *je m'en étais bien douté.*

1. Ce « livre tout blanc » est celui de la destinée. Zadig pourra en distinguer les caractères, sinon les déchiffrer (voir *Zadig ou la Destinée*, Folio classique n° 3244). Ici, le livre est blanc : pour les terriens seulement, exclus, par leur nature, de la vérité, ou pour tout le monde, ladite vérité étant alors une illusion universelle ?

L'Ingénu

Histoire véritable
tirée des manuscrits du P. Quesnel

PRÉSENTATION

C'est pendant l'été 1767 que L'Ingénu *sort de l'officine de Ferney. La première mention qu'on en trouve figure dans une lettre de d'Alembert du 21 juillet : « On parle d'un roman intitulé* L'Ingénu, *écrit-il à Voltaire, que j'ai grande envie de lire. » Malgré les dénégations de Voltaire — « Il n'y a point d'*Ingénu, *je n'ai point fait* L'Ingénu *» (3 août 1767) —, ledit roman est vraisemblablement à l'impression chez les frères Cramer. Selon toute vraisemblance, il n'a pas beaucoup dormi dans les cartons de Voltaire. On en a généralement situé la composition au printemps de 1767, à un moment où beaucoup de ses préoccupations semblent converger vers ces peuples libres dont les mœurs s'opposent à celles des courtisans. La tragédie des* Scythes, *à laquelle il avait consacré tous ses efforts pendant l'hiver précédent, est représentée à Paris en mars 1767, sans obtenir toutefois le succès escompté ; c'est une autre tragédie sur l'« homme sauvage » — américain, celui-là ! — qui vient le 27 mai supplanter celle de Voltaire au Théâtre-Français, et l'on conçoit que le sujet d'une pièce rivale n'ait pas été sans retenir toute son attention. Or, dans la préface de ses* Illinois, *Sauvigny nous parle, en s'appuyant* *sur les témoignages d'officiers du Canada, des « prétendus sauvages d'en haut » que sont les Hurons, plus désintéressés que les autres, « plus francs », qui « suivent presque machinalement les impulsions subites du cœur, ces premiers mouvements de la pitié qui nous rendent généreux et bons ». Occupés de la chasse et de la guerre, ils ne connaissent à peu près que la « physique de l'amour ». Est-ce de cette époque que date l'esquisse du conte retrouvée dans les papiers de Voltaire à Leningrad et publiée par I. O. Wade et par R. Pomeau*[1] *? Le détail, qui offre avec le texte définitif des analogies frappantes, en est aussi assez différent pour qu'on puisse légitimement supposer que quelques mois au moins aient dû s'écouler entre l'ébauche et l'œuvre achevée :*

« Histoire de l'Ingénu, élevé chez les sauvages, puis chez les Anglais, instruit dans la religion en Basse-Bretagne, tonsuré, confessé, se battant avec son confesseur, son voyage à Versailles chez frère Letellier son parent, volontaire deux campagnes sa force incroyable. Son courage, veut être cap[itaine] de cav[alerie], étonné du refus. Se marie, ne veut pas que le m[ariage] soit un sacrement, trouve très bon que sa femme soit infidèle parce qu'il l'a été. Meurt en défendant son pays, un capitaine anglais l'assiste à sa mort avec un jésuite et un janséniste, il les instruit en mourant. »

Il s'agit donc bien déjà d'un homme de la nature aux prises avec la religion — le thème théologique —,

1. I. O. Wade, *The search for a new Voltaire*, Transaction of the American philosphical society, Philadelphie, juillet 1958, p. 49 et suiv. ; — R. Pomeau : « Une esquisse inédite de *L'Ingénu* », *R. H. L.*, 1961, p. 58-60.

et mal récompensé de son courage à la guerre ; mais certains aspects fondamentaux de l'œuvre n'apparaissent pas, le thème de la Bastille, les rapports entre oncle et neveu, et surtout l'idylle sentimentale dont le principe même est nié par l'allusion à l'infidélité dans le mariage.

Dans l'autre sens, L'Homme sauvage *de Sébastien Mercier, récemment paru, est demandé par Voltaire à Damilaville vers le 24 juin 1767 ; les analogies avec* L'Ingénu *sont tellement curieuses qu'il y a lieu de se demander si Voltaire n'aurait pas eu effectivement le temps de prendre connaissance de l'œuvre de Mercier — à la toute fin du mois de juin ou au début de juillet —, avant de mettre la dernière main à son roman. Les différents thèmes de* L'Homme sauvage *rejoignent ceux de* L'Ingénu *: une double idylle, la conversion difficile du « sauvage », le couvent, les agapes, le vieillard vertueux au nom anglais, consolateur dans la détresse. On imagine sans peine, à quelque degré de rédaction qu'il soit parvenu, l'impression que dut faire ce roman sur Voltaire lorsqu'il l'eut en main. Et peut-être même en avait-il déjà quelque connaissance, par ouï-dire tout au moins, lorsqu'il le commanda à Damilaville... Plus que la date exacte de composition, l'essentiel reste l'impact des six ou sept premières années de Ferney sur Voltaire, dont ce nouveau conte apparaît une fois de plus comme une récapitulation d'expériences vécues. De ses préoccupations à l'époque, laquelle fut déterminante dans la genèse de* L'Ingénu *et pourrait nous fournir une clé de l'œuvre ? La critique se trouve sur ce point divisée et a avancé beaucoup d'interprétations en apparence* *divergentes : pour les uns* L'Ingénu *est une réponse aux théories de J.-J. Rousseau sur la nature, pour d'autres une attaque contre les méfaits du christianisme en général, ou plus particulièrement contre les jésuites, ou les parlements jansénistes, ou encore un pamphlet contre l'absolutisme de l'Ancien Régime. Toutes ces suggestions contiennent leur part de vérité :* L'Ingénu, *nous semble-t-il, c'est avant tout l'image de cet homme naturel idéal que s'est forgée Voltaire durant ses années de retraite dans cette saine et robuste campagne du pays de Gex, en face des contraintes que fait peser une société en butte aux agissements de l'« Infâme ». Pour camper cet idéal d'humanité naturelle, Voltaire n'eut qu'à reprendre le mythe du bon sauvage américain, tel qu'il s'épanouissait en de nombreux ouvrages depuis le* XVIIe *siècle. D'abord chez ces missionnaires qui visaient par des tableaux édifiants à susciter une émulation chez les chrétiens de l'ancien monde. Gabriel Sagard-Théodat, récollet, publie en 1632 un* Grand voyage au pays des Hurons, *accompagné d'un* Dictionnaire de la langue huronne, *où figurent effectivement trois mots utilisés dans* L'Ingénu *par Voltaire*[1]. *Plus près de celui-ci, le père Lafitau donne en 1742 les* Mœurs des sauvages comparées aux mœurs des premiers temps, *où il s'emploie à laver les prétendus sauvages de toute accusation. De la même manière le père Charlevoix, dans son* Histoire de la Nouvelle France *(1744), fait un très vif éloge des Indiens. Mais les missionnaires sont débordés dans cette direction par toute une littérature qui*

1. Voir p. 65.

dépasse de beaucoup les buts qu'ils s'étaient assignés, et à partir de laquelle Voltaire va forger sa propre conception de l'homme moderne. Plusieurs perspectives lui sont fournies, qui s'y retrouvent constamment comme des sortes de lieux communs. L'homme sauvage se définit essentiellement par sa liberté. Les Dialogues *(1703) de La Hontan nous présentent un Huron « maître de ses actes », qui fait « ce qu'il veut », comme l'Ingénu, sans craindre personne. Du même La Hontan, les* Voyages au Canada *montrent des indigènes libres « dans toute l'étendue du droit naturel », à qui « le seul terme de dépendance fait horreur ». À plus forte raison l'idée de la prison leur est-elle intolérable. L'« embastillement » du Huron n'est pas une nouveauté de la part de Voltaire ! De fait, l'homme naturel dans* L'Ingénu *a toute la vigueur d'une plante très saine qui ne demande qu'à s'épanouir. La même vertu qui la fera croître en développant « le germe de ce que chacun de nous apporte en naissant » est aussi celle qui produit les fruits si divers de la terre. Voltaire reste ici fidèle aux critiques qu'il avait adressées quelques années plus tôt à Helvétius. Ce dernier n'avait-il pas voulu, dans son ouvrage* De l'esprit, *représenter l'homme comme un pur produit de la civilisation ? Il y a, répondait en substance Voltaire, « des idées innées au sens où la graine contient l'arbre ». De telles images de végétation ne sont pas rares dans* L'Ingénu. *Tout y est mis en œuvre pour souligner les qualités physiques de ce jeune homme bien fait, et intéressant pour les dames : « Ce grand garçon-là a un teint de lis et de rose ! qu'il a une belle peau pour un Huron ! »*

La grivoiserie aidant, et elle n'est pas le moindre talent de Voltaire conteur, le culte de la nature à travers ses plus belles manifestations tourne parfois au naturisme. On regarde le Huron « par le trou d'une large serrure », pour s'apercevoir qu'« il [a] étendu la couverture du lit sur le plancher, et qu'il repos[e] dans la plus belle attitude du monde ». On le retrouve, attendant le baptême des Écritures, tout nu au milieu de la Rance, offrant aux regards « une grande figure assez blanche, les deux mains croisées sur la poitrine ». On lui donne le prénom d'Hercule, et toutes les dames jugent à sa physionomie qu'il est digne du saint dont il porte le nom. Quant à sa « vertu mâle et intrépide », c'est de justesse que Mlle de Saint-Yves échappe à ses effets.

Le bon sens est comme « l'instinct de l'homme, et sur lequel est fondée la loi naturelle » (La Défense de mon oncle). *Celui de l'Ingénu est aussi vigoureux que l'est son corps, par la même vertu de cette nature qui fait apercevoir aux hommes « les mêmes principes nécessaires » ainsi qu'elle « leur a donné des organes »* (Le Philosophe ignorant). *Aussi n'est-il « ingénu » que de nom. C'est éminemment un « être de raison ». Comme s'il avait été préservé de la contagion et de l'usure, son esprit fonctionne à la perfection, prend tout au sérieux, retient tout. Ses facultés intellectuelles sont d'une rare qualité, sur laquelle s'étend complaisamment Voltaire : « L'Ingénu avait une mémoire excellente. La fermeté des organes de Basse-Bretagne, fortifiée par le climat du Canada, avait rendu sa tête si vigoureuse que, quand on frappait dessus, à peine le sentait-il ; et, quand on gravait dedans, rien ne s'effaçait; il n'avait jamais rien oublié. Sa conception était d'autant plus vive et plus nette que, son enfance n'ayant point été chargée des inutilités et des sottises qui accablent la nôtre, les choses entraient dans sa cervelle sans nuages.» L'honnêteté foncière va de pair chez l'Ingénu avec la rectitude intellectuelle. Il est exempt de ces petits calculs, de ces compromissions qui font l'ordinaire de la vie dite civilisée. Son âme a la fierté et la noblesse de celle de Zadig, la même intransigeance sur les principes, mais il se refuse, contrairement à ce dernier, à tout ce qui est distinction, préséance, grandeur d'«établissement». C'est d'une certaine manière le Zadig de la nature. Mais la loi de nature, si elle veut régénérer pleinement la civilisation, se doit pour cela, aux yeux de Voltaire — et c'est par quoi il s'oppose à J.-J. Rousseau —, de composer avec la loi positive. «Sans les conventions entre les hommes», elle ne serait jamais que «brigandage». C'est pourquoi l'homme naturel doit toujours être soigneusement distingué du primitif ou du sauvage, dont la vertu, toute «négative», consiste à n'avoir «ni bons cuisiniers, ni bons musiciens, ni beaux meubles, ni luxe, etc.»* (Lettre au docteur Pansophe, *1766*). *Voltaire ne justifie les «sauvages», «gens de bien grossiers», que dans la mesure où ils s'opposent aux «coquins raffinés». Tout en ne manquant jamais de rendre hommage à ses vertus, il insiste avec humour sur les «singularités» du Huron, à qui il n'a fallu rien de moins qu'un séjour prolongé à la Bastille, et la fréquentation d'un janséniste, pour être changé «de brute en homme»! Avant qu'il ne se polisse au contact de la civilisation, ses manières avec les femmes sont des plus brutales. Il n'a besoin, pour « épouser », du consentement de personne. « Mlle de Saint-Yves, se réveillant en sursaut, s'était écriée : "Quoi ! c'est vous ! ah ! c'est vous ! arrêtez-vous, que faites-vous ?" Il avait répondu : "Je vous épouse" ; et en effet il l'épousait, si elle ne s'était pas débattue avec toute l'honnêteté d'une personne qui a de l'éducation. » Il boit plus que son soûl, s'échauffe facilement. Ses vues huronnes, par leur étroitesse font souvent pendant à celles des Bas-Bretons. Son comportement bizarre le fait prendre, dans le coche de Saumur, pour le fou du roi. Il bat ses porteurs en arrivant à Versailles.*

Or quels sont les reproches adressés par Voltaire à Rousseau pendant ces années 1760, et notamment lorsqu'il attaque le docteur Pansophe ? De penser, justement, que le « vrai mérite » consiste à être « singulier », qu'un « ivrogne vaut mieux que tous les philosophes de l'Europe », que les bienséances sont des préjugés, que la vérité se trouve dans certains cantons suisses, non ailleurs. C'est certainement pour répondre de près ou de loin à J.-J. Rousseau que Voltaire nous montre avec un malin plaisir le Huron se dépouillant de sa rudesse primitive et absorbant peu à peu la civilisation. « Mons de Louvois vint enfin à bout de faire un excellent officier de l'Ingénu, qui a paru sous un autre nom à Paris et dans les armées, avec l'approbation de tous les honnêtes gens, et qui a été à la fois un guerrier et un philosophe intrépide. »

Le sauvage des Lettres iroquoises *de Haubert de Gouvest (1752) regagnait son Amérique natale ; l'In-*

génu opte pour la France et rompt avec son passé de Huron. Décidément Voltaire bouleverse quelque peu le mythe de l'homme rousseauiste. L'Ingénu n'est plus l'Ingénu. Mais a-t-il même jamais été huron ? Une scène de reconnaissance traditionnelle, en l'occurrence chargée de signification philosophique, a révélé très tôt qu'il était simplement le neveu de l'abbé de Kerkabon et de sa sœur. Cet homme naturel n'a rien à voir avec les sauvages : c'est tout simplement un enfant français de la nature. Voilà qui met définitivement au point les idées de Voltaire sur la question. Cette perfection qui lui est déniée régulièrement à chaque fois qu'il est mis en contact avec la vraie culture ou avec les bienséances, il la retrouve sans aucune ambiguïté lorsqu'il symbolise l'innocence aux prises avec l'« Infâme ». Encore faudrait-il bien définir cette « Infâme » dans le contexte historique qu'a choisi Voltaire pour son roman, 1689, soit quatre ans après la révocation de l'édit de Nantes, aussi bien que dans ses rapports avec l'actualité contemporaine. À première vue, L'Ingénu *développe sous une forme romanesque l'idée centrale du* Siècle de Louis XIV, *que Voltaire est justement en train de remanier au cours de l'année 1767 : quel règne aurait été celui de Louis XIV si ses prodigieuses réussites sur le plan de la civilisation n'avaient pas été gâchées par le déferlement du fanatisme, lorsque le roi fut tombé sous l'influence de ses confesseurs jésuites ? On n'a pas de mal à montrer que la dénonciation de l'espion jésuite de Saumur, parvenant au P. La Chaise au même moment où celle de l'interrogant bailli parvient à M. de Louvois (symétrie bien symbolique, double face de l'« Infâme » !), joue un grand rôle dans l'arrestation de l'Ingénu à Versailles. Sans doute les jésuites, condamnés puis expulsés à partir de 1764, ne représentent-ils plus le même danger en 1767 qu'en 1689. Pourtant, au début de cette année 1767, le cas de Leclerc, mis à la Bastille sur la dénonciation d'un ex-jésuite, venait de démontrer qu'ils pouvaient être encore redoutables. « Faut-il donc, s'écrie Voltaire, que les jésuites aient encore le pouvoir de nuire, et qu'il reste du venin mortel dans les tronçons de la vipère écrasée ? » (à Leriche, 2 février 1767). La vigilance du philosophe ne se dément pas : dans le même temps où il s'occupe de* L'Ingénu, *il fait imprimer à Genève l'*Histoire de la destruction des jésuites *de son ami d'Alembert ; l'année d'après, il sortira lui-même un pamphlet sur le* Bannissement des jésuites de la Chine. *Il est même possible d'apercevoir des rapports entre l'embastillement du jeune Huron et celui de La Chalotais, procureur général au parlement de Rennes, victime du gouverneur de Bretagne d'Aiguillon, et de ses adversaires jésuites (1764-1766). Son cas n'avait pas été sans émouvoir Voltaire, bien qu'il fût partisan de l'autorité du pouvoir royal contre l'agitation parlementaire. Et La Chalotais n'était-il pas l'ami du romancier Duclos, breton lui-même et ami de Voltaire, qui venait justement de faire paraître un roman « sensible »,* La Baronne de Luz, *où l'héroïne subissait les mêmes outrages que Mlle de Saint-Yves ?*

Malgré ce que peuvent avoir de tentant ces rapprochements, il ne faut pas perdre de vue que l'action philosophique de Voltaire, depuis le début de l'affaire

Calas, s'exerce essentiellement contre ce qu'il appelle « la canaille janséniste et parlementaire » : « L'Inquisition est fade en comparaison de vos jansénistes de grand'chambre et de tournelle. Il n'y a point de loi qui ordonne ces horreurs en pareil cas ; il n'y a que le diable qui soit capable de brûler les hommes en dépit de la loi ! » (à d'Argental, 16 juillet 1766). L'Ingénu est aussi, et peut-être surtout, la figure générique de tous ces innocents persécutés ; Voltaire s'est-il livré à une continuelle transposition de l'actualité du temps en termes « louis-quatorziens », un jésuite de 1689 valant un janséniste de 1766 ?

Sans chercher une exacte équivalence, disons que la création romanesque circule librement entre ces deux figures privilégiées et contradictoires de l'« Infâme », et joue en réalité sur quatre termes : jésuites-persécuteurs de 1689, jésuites bannis de 1765, jansénistes-victimes de 1689, jansénistes-parlementaires-oppresseurs de 1760-1766.

Une telle grille offre de multiples ressources : elle contribue à renforcer, nous semble-t-il, l'impression d'optimisme raisonnable qui se dégage de l'ensemble de l'œuvre, malgré la catastrophe finale qui n'empêchera pas, notons-le, le héros de se développer harmonieusement, en devenant à la fois militaire et philosophe, et en jouissant de l'amitié de Gordon. Une fois la guerre de Sept Ans terminée (1763), Voltaire voit poindre cette grande révolution des esprits qui vient du Nord. Les nouvelles générations sont appelées à connaître de grandes choses. Le thème de la relève, si net dans L'Ingénu, marque cette période de Ferney. La sympathie que Voltaire a témoignée *de tout temps à la jeunesse, et qui lui a fait choisir pour héros de ses principaux contes des jeunes gens, se double alors de la foi qu'il a désormais en ce que pourront accomplir les générations montantes. Il existe certes encore bien des ombres, mais la lumière commence à pénétrer de toutes parts. Le supplice du chevalier de La Barre lui-même n'est plus qu'un cas isolé alors que les dragonnades de Louvois ont fait le malheur d'un siècle. Si l'on reprend sous cet angle les quatre termes que nous venons de définir, on s'aperçoit que l'ambiguïté jésuites/jansénistes contribue à donner une atmosphère rassurante à l'ensemble du roman. Si, en effet, un P. de La Chaise pouvait exercer une influence redoutable en 1689, le lecteur sait que moins d'un siècle plus tard son ordre est « aboli » en France. Si, d'autre part, les jansénistes se sont commis au* XVIIIe *siècle avec la « canaille parlementaire », le bon vieillard Gordon, le P. Quesnel — des manuscrits duquel l'œuvre est censée être tirée —, et bien d'autres, sont là pour témoigner de la hauteur de vues et de la conscience de ceux qui, dit le* Traité sur la tolérance, *« ne contribuèrent pas peu à déraciner insensiblement dans l'esprit de la nation la plupart des fausses idées qui déshonoraient la religion chrétienne ». Beaucoup de gens, peut-être, « ont pu dire :* malheur n'est bon à rien ! *» (remarquons, en passant, le* ont pu dire *qui relègue d'une certaine manière cette réflexion dans le passé). Nous retenons quant à nous du contexte historico-politique de toute l'œuvre, sans parler de l'atmosphère générale de la société, assez accueillante, la devise du « bon Gordon » : «* malheur est bon à quelque chose *». À travers les superstitions* *se forge un avenir meilleur : tel est aussi le sens de la destinée individuelle du Huron.*

Le recours à une nouvelle forme d'expression comme le roman sensible, dont la signification philosophique est justement celle d'une réconciliation par le sentiment entre le rêve et la nature, traduit bien sur le plan technique cette volonté délibérée chez Voltaire de se mettre au goût du jour. Elle se substitue progressivement à celle de conte satirique, au point que, commençant ainsi que Micromégas *ou* Candide, L'Ingénu *se termine presque comme un roman de Richardson. Peu à peu, au cours du roman, la peinture l'emporte sur la caricature, et le « touchant » sur le satirique. La réalité quotidienne est peinte avec le souci de restituer une certaine atmosphère. Les personnages* évoluent *: le Huron et le janséniste Gordon, par leur influence réciproque, se changent mutuellement en hommes. À partir du moment où l'Ingénu sort de la Bastille, les scènes attendrissantes se succèdent, dans le goût de Greuze ou de Diderot. Les thèmes du roman noble, qui avait été parodié dans* Candide, *sont repris ici, semble-t-il, avec un certain sérieux : héros courageux et fidèle, héroïne aimante et vertueuse, idylle (à l'issue malheureuse) de deux cœurs tendrement accordés l'un à l'autre. Il y a un rapport fondamental entre ces recours de Voltaire au genre du roman sensible, sur le plan technique, et son évolution idéologique. L'atmosphère sensible est exaltation, certes, mais aussi acceptation de la nature. L'idéal s'y soumet aux exigences de la vie. Il y perd sans doute quelque pureté, mais échappe en s'incarnant à la vanité des chimères : optimisme et relativisme* *tout à la fois. L écart diminue entre un rêve moins exigeant et une réalité plus accommodante. Sur tous les plans,* L'Ingénu *apparaît donc comme un roman de la réconciliation.*

JACQUES VAN DEN HEUVEL

L'INGÉNU

Histoire véritable tirée des manuscrits du P. Quesnel[1]

CHAPITRE PREMIER

Comment le prieur de Notre-Dame de la Montagne et Mademoiselle sa sœur rencontrèrent un Huron

Un jour saint Dunstan[2], Irlandais de nation et saint de profession, partit d'Irlande sur une petite montagne qui vogua vers les côtes de France, et arriva par cette voiture à la baie de Saint-Malo. Quand il fut à bord, il donna la bénédiction à sa montagne, qui lui fit de profondes révérences et s'en retourna en Irlande par le même chemin qu'elle était venue.

1. Le *Catalogue [...] des écrivains français* inséré dans *Le Siècle de Louis XIV* présente comme suit le père Quesnel : « Quesnel (Pasquier), né en 1634, de l'Oratoire. Il a été malheureux, en ce qu'il s'est vu le sujet d'une grande division parmi ses compatriotes. Mort en 1719. » C'est de son ouvrage (*Réflexions morales sur le Nouveau Testament*) que furent extraites les cent et une propositions condamnées comme jansénistes en 1713 par la bulle dite *Unigenitus*.

2. Saint Dunstan (924-988) fut évêque de Worcester, Londres, Canterbury. Il n'était pas irlandais, mais avait été élevé par des moines irlandais.

Dunstan fonda un petit prieuré dans ces quartiers-là et lui donna le nom de *prieuré de la Montagne*, qu'il porte encore, comme un chacun sait.

En l'année 1689[1], le 15 juillet au soir, l'abbé de Kerkabon, prieur de Notre-Dame de la Montagne, se promenait sur le bord de la mer avec Mlle de Kerkabon, sa sœur, pour prendre le frais. Le prieur, déjà un peu sur l'âge, était un très bon ecclésiastique, aimé de ses voisins, après l'avoir été autrefois de ses voisines. Ce qui lui avait donné surtout une grande considération, c'est qu'il était le seul bénéficier du pays qu'on ne fût pas obligé de porter dans son lit quand il avait soupé avec ses confrères. Il savait assez honnêtement de théologie ; et quand il était las de lire saint Augustin, il s'amusait avec Rabelais[2] : aussi tout le monde disait du bien de lui.

1. Voltaire a choisi avec beaucoup de soin cette date de 1689. La cohérence chronologique du roman est d'ailleurs assez stricte : dès le 17 mai de cette année, les hostilités avaient éclaté entre la France et l'Angleterre, sous des formes variées.

2. Cette association est assez significative de Voltaire. On peut lire dans *Le Marseillais et le lion* (1768) :

Et pour devenir prêtre, il apprit du latin ;
Il savait Rabelais avec saint Augustin.

Une note portait : « Saint Augustin et Rabelais avaient tous deux beaucoup d'esprit [...] le curé de Meudon avait fait un mauvais usage du sien [...] Rabelais prodigue indignement les ordures les plus basses, saint Augustin s'égara dans des explications mystérieuses que lui-même ne pouvait entendre. »

Voltaire n'a pas toujours eu pour Rabelais le mépris qu'il avait professé dans la *XXII*e *Lettre philosophique* : cf. la *Conversation de Lucien, Érasme et Rabelais dans les Champs Élysées* (1765), et les *Lettres à S. A. Mgr le Prince de *** sur Rabelais et sur d'autres auteurs accusés d'avoir mal parlé de la religion chrétienne* (1767).

Mlle de Kerkabon, qui n'avait jamais été mariée, quoiqu'elle eût grande envie de l'être, conservait de la fraîcheur à l'âge de quarante-cinq ans ; son caractère était bon et sensible ; elle aimait le plaisir et était dévote.

Le prieur disait à sa sœur, en regardant la mer : « Hélas ! c'est ici que s'embarqua notre pauvre frère avec notre chère belle-sœur, Mme de Kerkabon sa femme, sur la frégate *L'Hirondelle*, en 1669, pour aller servir en Canada. S'il n'avait pas été tué, nous pourrions espérer de le revoir encore.

— Croyez-vous, disait Mlle de Kerkabon, que notre belle-sœur ait été mangée par les Iroquois, comme on nous l'a dit ? Il est certain que, si elle n'avait pas été mangée, elle serait revenue au pays. Je la pleurerai toute ma vie : c'était une femme charmante ; et notre frère, qui avait beaucoup d'esprit, aurait fait assurément une grande fortune. »

Comme ils s'attendrissaient l'un et l'autre à ce souvenir, ils virent entrer dans la baie de Rance un petit bâtiment qui arrivait avec la marée . c'était des Anglais qui venaient vendre quelques denrées de leur pays. Ils sautèrent à terre, sans regarder monsieur le prieur ni mademoiselle sa sœur, qui fut très choquée du peu d'attention qu'on avait pour elle.

Il n'en fut pas de même d'un jeune homme très bien fait, qui s'élança d'un saut par-dessus la tête de ses compagnons, et se trouva vis-à-vis mademoiselle. Il lui fit un signe de tête, n'étant pas dans l'usage de faire la révérence. Sa figure et son ajustement attirèrent les regards du frère et de la sœur. Il était nu-tête et nu-jambes, les pieds chaussés de petites sandales, le chef orné de longs cheveux en tresses, un petit pourpoint qui serrait une taille fine et dégagée ; l'air martial et doux. Il tenait dans sa main une petite bouteille d'eau des Barbades[1], et dans l'autre une espèce de bourse dans laquelle était un gobelet et de très bon biscuit de mer. Il parlait français fort intelligiblement. Il présenta de son eau des Barbades à Mlle de Kerkabon et à monsieur son frère ; il en but avec eux ; il leur en fit reboire encore, et tout cela d'un air si simple et si naturel que le frère et la sœur en furent charmés. Ils lui offrirent leurs services, en lui demandant qui il était et où il allait. Le jeune homme leur répondit qu'il n'en savait rien, qu'il était curieux, qu'il avait voulu voir comment les côtes de France étaient faites, qu'il était venu, et allait s'en retourner.

Monsieur le prieur, jugeant à son accent qu'il n'était pas anglais, prit la liberté de lui demander de quel pays il était. « Je suis huron », lui répondit le jeune homme.

Mlle de Kerkabon, étonnée et enchantée de voir un Huron qui lui avait fait des politesses, pria le jeune homme à souper ; il ne se fit pas prier deux fois, et tous trois allèrent de compagnie au prieuré de Notre-Dame de la Montagne.

La courte et ronde demoiselle le regardait de tous ses petits yeux, et disait de temps en temps au prieur : « Ce grand garçon-là a un teint de lis et de rose ! qu'il a une belle peau pour un Huron ! — Vous avez raison, ma sœur », disait le prieur. Elle faisait cent questions

1. L'eau des Barbades est une sorte de rhum fabriqué dans les Antilles. Le commerce entre le Canada et les « îles d'Amérique » était assez actif : certains bâtiments s'y consacraient même exclusivement.

coup sur coup, et le voyageur répondait toujours fort juste.

Le bruit se répandit bientôt qu'il y avait un Huron au prieuré. La bonne compagnie du canton s'empressa d'y venir souper. L'abbé de Saint-Yves y vint avec mademoiselle sa sœur, jeune Basse-Brette, fort jolie et très bien élevée. Le bailli, le receveur des tailles et leurs femmes furent du souper. On plaça l'étranger entre Mlle de Kerkabon et Mlle de Saint-Yves. Tout le monde le regardait avec admiration ; tout le monde lui parlait et l'interrogeait à la fois ; le Huron ne s'en émouvait pas. Il semblait qu'il eût pris pour sa devise celle de milord Bolingbroke : *nihil admirari*[1]. Mais à la fin, excédé de tant de bruit, il leur dit avec assez de douceur, mais avec un peu de fermeté : « Messieurs, dans mon pays on parle l'un après l'autre ; comment voulez-vous que je vous réponde quand vous m'empêchez de vous entendre ? » La raison fait toujours rentrer les hommes en eux-mêmes pour quelques moments. Il se fit un grand silence. Monsieur le bailli, qui s'emparait toujours des étrangers dans quelque maison qu'il se trouvât, et qui était le plus grand questionneur de la province, lui dit en ouvrant la bouche d'un demi-pied : « Monsieur, comment vous nommez-vous ? — On m'a toujours appelé *l'Ingénu*, reprit le Huron, et on m'a confirmé ce nom en Angleterre, parce que je dis toujours naïve-

1. *Nihil admirari*, c'est-à-dire « ne s'étonner de rien ». Bolingbroke, homme d'État et écrivain anglais (1678-1751) que Voltaire avait rencontré en 1722 en son château de la Source près d'Orléans et qui exerça sur lui une influence considérable, avait emprunté cette devise à l'Épître I, VI, d'Horace.

ment ce que je pense, comme je fais tout ce que je veux.

— Comment, étant né huron, avez-vous pu, monsieur, venir en Angleterre ? — C'est qu'on m'y a mené ; j'ai été fait, dans un combat, prisonnier par les Anglais, après m'être assez bien défendu ; et les Anglais, qui aiment la bravoure, parce qu'ils sont braves et qu'ils sont aussi honnêtes que nous, m'ayant proposé de me rendre à mes parents ou de venir en Angleterre, j'acceptai le dernier parti, parce que de mon naturel j'aime passionnément à voir du pays.

— Mais, monsieur, dit le bailli avec son ton imposant, comment avez-vous pu abandonner ainsi père et mère ? — C'est que je n'ai jamais connu ni père ni mère », dit l'étranger. La compagnie s'attendrit, et tout le monde répétait : *Ni père, ni mère !* « Nous lui en servirons, dit la maîtresse de la maison à son frère le prieur ; que ce monsieur le Huron est intéressant ! » L'Ingénu la remercia avec une cordialité noble et fière, et lui fit comprendre qu'il n'avait besoin de rien.

« Je m'aperçois, monsieur l'Ingénu, dit le grave bailli, que vous parlez mieux français qu'il n'appartient à un Huron. — Un Français, dit-il, que nous avions pris dans ma grande jeunesse en Huronie, et pour qui je conçus beaucoup d'amitié, m'enseigna sa langue ; j'apprends très vite ce que je veux apprendre. J'ai trouvé en arrivant à Plymouth un de vos Français réfugiés que vous appelez *huguenots*[1], je ne sais pour-

1. Voltaire donne lui-même une explication de ce mot dans son *Essai sur les mœurs*, chap. CXXXIII, « De Genève et de Calvin » : « Il y avait depuis longtemps deux partis dans la ville [Genève],

quoi ; il m'a fait faire quelques progrès dans la connaissance de votre langue ; et, dès que j'ai pu m'exprimer intelligiblement, je suis venu voir votre pays, parce que j'aime assez les Français quand ils ne font pas trop de questions. »

L'abbé de Saint-Yves, malgré ce petit avertissement, lui demanda laquelle des trois langues lui plaisait davantage, la huronne, l'anglaise ou la française. « La huronne, sans contredit, répondit l'Ingénu. — Est-il possible ? s'écria Mlle de Kerkabon ; j'avais toujours cru que le français était la plus belle de toutes les langues après le bas-breton. »

Alors ce fut à qui demanderait à l'Ingénu comment on disait en huron du tabac, et il répondait *taya* ; comment on disait manger, et il répondait *essenten*. Mlle de Kerkabon voulut absolument savoir comment on disait faire l'amour ; il lui répondit *trovander* *, et soutint, non sans apparence de raison, que ces mots-là valaient bien les mots français et anglais qui leur correspondaient. *Trovander* parut très joli à tous les convives.

Monsieur le prieur, qui avait dans sa bibliothèque la grammaire huronne dont le révérend père Sagard-Théodat[1], récollet, fameux missionnaire, lui avait fait présent, sortit de table un moment pour l'aller consulter. Il revint tout haletant de tendresse et de joie. Il

celui des protestants et celui des romains : les protestants s'appelaient *egnots*, du mot *eidgnossen, alliés par serment.* »

* Tous ces noms sont en effet hurons (note de l'Auteur).

1. Voltaire possédait effectivement dans sa bibliothèque l'ouvrage du R. P. Théodat intitulé le *Grand Voyage au pays des Hurons [...] avec un dictionnaire de la langue huronne*, publié à Paris en 1632.

reconnut l'Ingénu pour un vrai Huron. On disputa un peu sur la multiplicité des langues, et on convint que, sans l'aventure de la tour de Babel, toute la terre aurait parlé français.

L'interrogant bailli, qui jusque-là s'était défié un peu du personnage, conçut pour lui un profond respect ; il lui parla avec plus de civilité qu'auparavant, de quoi l'Ingénu ne s'aperçut pas.

Mlle de Saint-Yves était fort curieuse de savoir comment on faisait l'amour au pays des Hurons. « En faisant de belles actions, répondit-il, pour plaire aux personnes qui vous ressemblent. » Tous les convives applaudirent avec étonnement. Mlle de Saint-Yves rougit, et fut fort aise. Mlle de Kerkabon rougit aussi, mais elle n'était pas si aise ; elle fut un peu piquée que la galanterie ne s'adressât pas à elle, mais elle était si bonne personne que son affection pour le Huron n'en fut point du tout altérée. Elle lui demanda, avec beaucoup de bonté, combien il avait eu de maîtresses en Huronie. « Je n'en ai jamais eu qu'une, dit l'Ingénu ; c'était Mlle Abacaba, la bonne amie de ma chère nourrice ; les joncs ne sont pas plus droits, l'hermine n'est pas plus blanche, les moutons sont moins doux, les aigles moins fiers, et les cerfs ne sont pas si légers que l'était Abacaba. Elle poursuivait un jour un lièvre dans notre voisinage, environ à cinquante lieues de notre habitation. Un Algonquin mal élevé[1], qui habitait cent lieues plus loin, vint lui prendre son lièvre ; je

1. Plus nomades et plus guerriers que les Hurons, qui étaient des cultivateurs, les Algonquins comprenaient une vingtaine de tribus et rassemblaient 50 000 âmes. Ils s'alliaient aux Hurons et aux Français pour combattre les Iroquois.

le sus, j'y courus, je terrassai l'Algonquin d'un coup de massue, je l'amenai aux pieds de ma maîtresse, pieds et poings liés. Les parents d'Abacaba voulurent le manger[1], mais je n'eus jamais de goût pour ces sortes de festins ; je lui rendis sa liberté, j'en fis un ami. Abacaba fut si touchée de mon procédé qu'elle me préféra à tous ses amants. Elle m'aimerait encore si elle n'avait pas été mangée par un ours. J'ai puni l'ours, j'ai porté longtemps sa peau, mais cela ne m'a pas consolé. »

Mlle de Saint-Yves, à ce récit, sentait un plaisir secret d'apprendre que l'Ingénu n'avait eu qu'une maîtresse, et qu'Abacaba n'était plus ; mais elle ne démêlait pas la cause de son plaisir. Tout le monde fixait les yeux sur l'Ingénu ; on le louait beaucoup d'avoir empêché ses camarades de manger un Algonquin.

L'impitoyable bailli, qui ne pouvait réprimer sa fureur de questionner, poussa enfin la curiosité jusqu'à s'informer de quelle religion était monsieur le Huron ; s'il avait choisi la religion anglicane, ou la gallicane, ou la huguenote. « Je suis de ma religion, dit-il, comme vous de la vôtre. — Hélas ! s'écria la Kerkabon, je vois bien que ces malheureux Anglais n'ont pas seulement songé à le baptiser. — Eh ! mon Dieu, disait Mlle de Saint-Yves, comment se peut-il que les Hurons ne soient pas catholiques ? Est-ce que les RR.PP. jésuites ne les ont pas tous convertis ? » L'Ingénu l'assura que dans son pays on ne convertissait personne ; que jamais un vrai Huron n'avait changé d'opinion, et

1. Voir le *Dictionnaire philosophique*, art. « Anthropophages ».

que même il n'y avait point dans sa langue de terme qui signifiât *inconstance*. Ces derniers mots plurent extrêmement à Mlle de Saint-Yves.

« Nous le baptiserons, nous le baptiserons, disait la Kerkabon à monsieur le prieur ; vous en aurez l'honneur, mon cher frère ; je veux absolument être sa marraine ; M. l'abbé de Saint-Yves le présentera sur les fonts : ce sera une cérémonie bien brillante ; il en sera parlé dans toute la Basse-Bretagne, et cela nous fera un honneur infini. » Toute la compagnie seconda la maîtresse de la maison ; tous les convives criaient : « Nous le baptiserons ! » L'Ingénu répondit qu'en Angleterre on laissait vivre les gens à leur fantaisie. Il témoigna que la proposition ne lui plaisait point du tout, et que la loi des Hurons valait pour le moins la loi des Bas-Bretons ; enfin, il dit qu'il repartait le lendemain. On acheva de vider sa bouteille d'eau des Barbades, et chacun s'alla coucher.

Quand on eut reconduit l'Ingénu dans sa chambre, Mlle de Kerkabon et son amie Mlle de Saint-Yves ne purent se tenir de regarder par le trou d'une large serrure pour voir comment dormait un Huron. Elles virent qu'il avait étendu la couverture du lit sur le plancher, et qu'il reposait dans la plus belle attitude du monde.

CHAPITRE SECOND

Le Huron, nommé l'Ingénu, reconnu de ses parents

L'Ingénu, selon sa coutume, s'éveilla avec le soleil au chant du coq, qu'on appelle en Angleterre et en Huronie *la trompette du jour*. Il n'était pas comme la bonne compagnie qui languit dans un lit oiseux jusqu'à ce que le soleil ait fait la moitié de son tour, qui ne peut ni dormir ni se lever, qui perd tant d'heures précieuses dans cet état mitoyen entre la vie et la mort, et qui se plaint encore que la vie est trop courte.

Il avait déjà fait deux ou trois lieues, il avait tué trente pièces de gibier à balle seule, lorsqu'en rentrant il trouva monsieur le prieur de Notre-Dame de la Montagne et sa discrète sœur, se promenant en bonnet de nuit dans leur petit jardin. Il leur présenta toute sa chasse, et, en tirant de sa chemise une espèce de petit talisman qu'il portait toujours à son cou, il les pria de l'accepter en reconnaissance de leur bonne réception. « C'est ce que j'ai de plus précieux, leur dit-il ; on m'a assuré que je serais toujours heureux tant que je porterais ce petit brimborion sur moi, et je vous le donne afin que vous soyez toujours heureux. »

Le prieur et mademoiselle sourirent avec attendrissement de la naïveté de l'Ingénu. Ce présent consistait en deux petits portraits assez mal faits, attachés ensemble avec une courroie fort grasse.

Mlle de Kerkabon lui demanda s'il y avait des peintres en Huronie. « Non, dit l'Ingénu, cette rareté me vient de ma nourrice ; son mari l'avait eue par conquête, en dépouillant quelques Français du Canada qui nous avaient fait la guerre ; c'est tout ce que j'en ai su. »

Le prieur regardait attentivement ces portraits ; il changea de couleur, il s'émut, ses mains tremblèrent. « Par Notre-Dame de la Montagne, s'écria-t-il, je crois que voilà le visage de mon frère le capitaine et de sa femme ! » Mademoiselle, après les avoir considérés avec la même émotion, en jugea de même. Tous deux étaient saisis d'étonnement et d'une joie mêlée de douleur ; tous deux s'attendrissaient ; tous deux pleuraient ; leur cœur palpitait ; ils poussaient des cris ; ils s'arrachaient les portraits ; chacun d'eux les prenait et les rendait vingt fois en une seconde ; ils dévoraient des yeux les portraits et le Huron ; ils lui demandaient l'un après l'autre, et tous deux à la fois, en quel lieu, en quel temps, comment ces miniatures étaient tombées entre les mains de sa nourrice ; ils rapprochaient, ils comptaient les temps depuis le départ du capitaine ; ils se souvenaient d'avoir eu nouvelle qu'il avait été jusqu'au pays des Hurons, et que depuis ce temps ils n'en avaient jamais entendu parler.

L'Ingénu leur avait dit qu'il n'avait connu ni père ni mère. Le prieur, qui était homme de sens, remarqua que l'Ingénu avait un peu de barbe[1] ; il savait très bien

1. Thème fréquent chez Voltaire. Voir notamment l'article « Barbe » du *Dictionnaire philosophique* : « Les Américains, de quelque contrée, de quelque couleur, de quelque stature qu'ils soient, n'ont ni barbe au menton, ni aucun poil sur le corps, excepté les sourcils et les cheveux. »

que les Hurons n'en ont point. « Son menton est cotonné, il est donc fils d'un homme d'Europe. Mon frère et ma belle-sœur ne parurent plus après l'expédition contre les Hurons en 1669 ; mon neveu devait alors être à la mamelle ; la nourrice huronne lui a sauvé la vie et lui a servi de mère. » Enfin, après cent questions et cent réponses, le prieur et sa sœur conclurent que le Huron était leur propre neveu. Ils l'embrassaient en versant des larmes ; et l'Ingénu riait, ne pouvant s'imaginer qu'un Huron fût neveu d'un prieur bas-breton.

Toute la compagnie descendit ; M. de Saint-Yves, qui était grand physionomiste, compara les deux portraits avec le visage de l'Ingénu ; il fit très habilement remarquer qu'il avait les yeux de sa mère, le front et le nez de feu M. Le capitaine de Kerkabon, et des joues qui tenaient de l'un et de l'autre.

Mlle de Saint-Yves, qui n'avait jamais vu le père ni la mère, assura que l'Ingénu leur ressemblait parfaitement. Ils admiraient tous la Providence et l'enchaînement des événements de ce monde. Enfin on était si persuadé, si convaincu de la naissance de l'Ingénu, qu'il consentit lui-même à être neveu de monsieur le prieur, en disant qu'il aimait autant l'avoir pour son oncle qu'un autre.

On alla rendre grâce à Dieu dans l'église de Notre-Dame de la Montagne, tandis que le Huron, d'un air indifférent, s'amusait à boire dans la maison.

Les Anglais qui l'avaient amené, et qui étaient prêts à mettre à la voile, vinrent lui dire qu'il était temps de partir. « Apparemment, leur dit-il, que vous n'avez pas retrouvé vos oncles et vos tantes : je reste ici ; retournez à Plymouth, je vous donne toutes mes hardes, je n'ai plus besoin de rien au monde, puisque je suis le neveu d'un prieur. » Les Anglais mirent à la voile, en se souciant fort peu que l'Ingénu eût des parents ou non en Basse-Bretagne.

Après que l'oncle, la tante et la compagnie eurent chanté le *Te Deum* ; après que le bailli eut encore accablé l'Ingénu de questions ; après qu'on eut épuisé tout ce que l'étonnement, la joie, la tendresse peuvent faire dire, le prieur de la Montagne et l'abbé de Saint-Yves conclurent à faire baptiser l'Ingénu au plus vite. Mais il n'en était pas d'un grand Huron de vingt-deux ans comme d'un enfant qu'on régénère sans qu'il en sache rien. Il fallait l'instruire, et cela paraissait difficile : car l'abbé de Saint-Yves supposait qu'un homme qui n'était pas né en France n'avait pas le sens commun.

Le prieur fit observer à la compagnie que, si en effet monsieur l'Ingénu, son neveu, n'avait pas eu le bonheur d'être élevé en Basse-Bretagne, il n'en avait pas moins d'esprit ; qu'on en pouvait juger par toutes ses réponses ; et que sûrement la nature l'avait beaucoup favorisé, tant du côté paternel que du maternel.

On lui demanda d'abord s'il avait jamais lu quelque livre. Il dit qu'il avait lu Rabelais traduit en anglais, et quelques morceaux de Shakespeare qu'il savait par cœur ; qu'il avait trouvé ces livres chez le capitaine du vaisseau qui l'avait amené de l'Amérique à Plymouth et qu'il en était fort content. Le bailli ne manqua pas de l'interroger sur ces livres. « Je vous avoue, dit l'Ingénu, que j'ai cru en deviner quelque chose, et que je n'ai pas entendu le reste. »

L'abbé de Saint-Yves, à ce discours, fit réflexion que c'était ainsi que lui-même avait toujours lu, et que la plupart des hommes ne lisaient guère autrement. « Vous avez sans doute lu la Bible ? dit-il au Huron. — Point du tout, monsieur l'abbé ; elle n'était pas parmi les livres de mon capitaine ; je n'en ai jamais entendu parler. — Voilà comme sont ces maudits Anglais, criait Mlle de Kerkabon ; ils feront plus de cas d'une pièce de Shakespeare, d'un plumbpouding et d'une bouteille de rhum que du Pentateuque. Aussi n'ont-ils jamais converti personne en Amérique. Certainement ils sont maudits de Dieu ; et nous leur prendrons la Jamaïque et la Virginie avant qu'il soit peu de temps. »

Quoi qu'il en soit, on fit venir le plus habile tailleur de Saint-Malo pour habiller l'Ingénu de pied en cap. La compagnie se sépara ; le bailli alla faire ses questions ailleurs. Mlle de Saint-Yves, en partant, se retourna plusieurs fois pour regarder l'Ingénu ; et il lui fit des révérences plus profondes qu'il n'en avait jamais fait à personne en sa vie.

Le bailli, avant de prendre congé, présenta à Mlle de Saint-Yves un grand nigaud de fils qui sortait du collège ; mais à peine le regarda-t-elle, tant elle était occupée de la politesse du Huron.

CHAPITRE TROISIÈME

Le Huron, nommé l'Ingénu, converti

Monsieur le prieur, voyant qu'il était un peu sur l'âge, et que Dieu lui envoyait un neveu pour sa consolation, se mit en tête qu'il pourrait lui résigner son bénéfice s'il réussissait à le baptiser et à le faire entrer dans les ordres.

L'Ingénu avait une mémoire excellente. La fermeté des organes de Basse-Bretagne, fortifiée par le climat du Canada, avait rendu sa tête si vigoureuse que, quand on frappait dessus, à peine le sentait-il ; et, quand on gravait dedans, rien ne s'effaçait ; il n'avait jamais rien oublié. Sa conception était d'autant plus vive et plus nette que, son enfance n'ayant point été chargée des inutilités et des sottises qui accablent la nôtre, les choses entraient dans sa cervelle sans nuage. Le prieur résolut enfin de lui faire lire le Nouveau Testament. L'Ingénu le dévora avec beaucoup de plaisir ; mais, ne sachant ni dans quel temps ni dans quel pays toutes les aventures rapportées dans ce livre étaient arrivées, il ne douta point que le lieu de la scène ne fût en Basse-Bretagne, et il jura qu'il couperait le nez et les oreilles à Caïphe et à Pilate si jamais il rencontrait ces marauds-là.

Son oncle, charmé de ces bonnes dispositions, le mit au fait en peu de temps ; il loua son zèle, mais il lui apprit que ce zèle était inutile, attendu que ces gens-là étaient morts il y avait environ seize cent quatre-vingt-dix années. L'Ingénu sut bientôt presque tout le livre par cœur. Il proposait quelquefois des difficultés qui mettaient le prieur fort en peine. Il était obligé souvent de consulter l'abbé de Saint-Yves qui, ne sachant que répondre, fit venir un jésuite bas-breton pour achever la conversion du Huron.

Enfin la grâce opéra ; l'Ingénu promit de se faire chrétien ; il ne douta pas qu'il ne dût commencer par être circoncis[1] : « Car, disait-il, je ne vois pas dans le livre qu'on m'a fait lire un seul personnage qui ne l'ait été ; il est donc évident que je dois faire le sacrifice de mon prépuce : le plus tôt c'est le mieux. » Il ne délibéra point. Il envoya chercher le chirurgien du village et le pria de lui faire l'opération, comptant réjouir infiniment Mlle de Kerkabon et toute la compagnie quand une fois la chose serait faite. Le frater[2], qui n'avait point encore fait cette opération, en avertit la famille, qui jeta les hauts cris. La bonne Kerkabon trembla que son neveu, qui paraissait résolu et expéditif, ne se fît lui-même l'opération très maladroitement, et qu'il n'en résultât de tristes effets auxquels les dames s'intéressent toujours par bonté d'âme.

Le prieur redressa les idées du Huron ; il lui remontra que la circoncision n'était plus de mode, que le baptême était beaucoup plus doux et plus salutaire,

1. Dans le *Dictionnaire philosophique*, article « Circoncision », Voltaire ironise tant soit peu sur cette coutume, qu'il attribue plutôt aux Égyptiens qu'aux Juifs. Dieu, dit-il, « est le maître d'attacher ses grâces aux signes qu'il daigne choisir ».

2. Le mot *frater* (en latin, « frère ») désignait les barbiers-chirurgiens de village ou, dans les armées de terre et de mer, les aides-chirurgiens.

que la loi de grâce n'était pas comme la loi de rigueur. L'Ingénu, qui avait beaucoup de bon sens et de droiture, disputa, mais reconnut son erreur, ce qui est assez rare en Europe aux gens qui disputent ; enfin il promit de se faire baptiser quand on voudrait.

Il fallait auparavant se confesser, et c'était là le plus difficile. L'Ingénu avait toujours en poche le livre que son oncle lui avait donné. Il n'y trouvait pas qu'un seul apôtre se fût confessé, et cela le rendait très rétif. Le prieur lui ferma la bouche en lui montrant, dans l'épître de saint Jacques le Mineur, ces mots qui font tant de peine aux hérétiques : *Confessez vos péchés les uns aux autres*[1]. Le Huron se tut, et se confessa à un récollet[2]. Quand il eut fini, il tira le récollet du confessionnal, et, saisissant son homme d'un bras vigoureux, il se mit à sa place et le fit mettre à genoux devant lui : « Allons, mon ami, il est dit : *Confessez-vous les uns aux autres* ; je t'ai conté mes péchés, tu ne sortiras pas d'ici que tu ne m'aies conté les tiens. » En parlant ainsi, il appuyait son large genou contre la poitrine de son adverse partie. Le récollet pousse des hurlements qui font retentir l'église. On accourt au bruit, on voit le catéchumène qui gourmait le moine au nom de saint Jacques le Mineur. La joie de baptiser un Bas-Breton huron et anglais était si grande qu'on passa par-dessus ces singularités. Il y eut même beaucoup de théologiens qui pensèrent que la confession

1. Épître de saint Jacques, V, 16.

2. « Religieux réformé de l'ordre de saint François, qui va déchaussé, et qui porte le soc *[sic]* ou hautes sandales » (Furetière). Les récollets, qui s'étaient établis à Paris en l'an 1603, furent supprimés en 1790.

n'était pas nécessaire, puisque le baptême tenait lieu de tout.

On prit jour avec l'évêque de Saint-Malo, qui, flatté, comme on peut le croire, de baptiser un Huron, arriva dans un pompeux équipage, suivi de son clergé. Mlle de Saint-Yves, en bénissant Dieu, mit sa plus belle robe et fit venir une coiffeuse de Saint-Malo, pour briller à la cérémonie. L'interrogant bailli accourut avec toute la contrée. L'église était magnifiquement parée ; mais, quand il fallut prendre le Huron pour le mener aux fonts baptismaux, on ne le trouva point.

L'oncle et la tante le cherchèrent partout. On crut qu'il était à la chasse, selon sa coutume. Tous les conviés à la fête parcoururent les bois et les villages voisins : point de nouvelles du Huron.

On commençait à craindre qu'il ne fût retourné en Angleterre. On se souvenait de lui avoir entendu dire qu'il aimait fort ce pays-là. Monsieur le prieur et sa sœur étaient persuadés qu'on n'y baptisait personne, et tremblaient pour l'âme de leur neveu. L'évêque était confondu et prêt à s'en retourner ; le prieur et l'abbé de Saint-Yves se désespéraient ; le bailli interrogeait tous les passants avec sa gravité ordinaire. Mlle de Kerkabon pleurait ; Mlle de Saint-Yves ne pleurait pas, mais elle poussait de profonds soupirs qui semblaient témoigner son goût pour les sacrements. Elles se promenaient tristement le long des saules et des roseaux qui bordent la petite rivière de Rance, lorsqu'elles aperçurent au milieu de la rivière une grande figure assez blanche, les deux mains croisées sur la poitrine. Elles jetèrent un grand cri et se détournèrent. Mais, la curiosité l'emportant bientôt sur toute autre considération, elles se coulèrent doucement entre les roseaux, et quand elles furent bien sûres de n'être point vues, elles voulurent voir de quoi il s'agissait.

CHAPITRE QUATRIÈME

L'Ingénu baptisé

Le prieur et l'abbé, étant accourus, demandèrent à l'Ingénu ce qu'il faisait là. « Eh parbleu ! messieurs, j'attends le baptême. Il y a une heure que je suis dans l'eau jusqu'au cou, et il n'est pas honnête de me laisser morfondre.

— Mon cher neveu, lui dit tendrement le prieur, ce n'est pas ainsi qu'on baptise en Basse-Bretagne ; reprenez vos habits et venez avec nous. » Mlle de Saint-Yves, en entendant ce discours, disait tout bas à sa compagne : « Mademoiselle, croyez-vous qu'il reprenne sitôt ses habits ? »

Le Huron cependant repartit au prieur : « Vous ne m'en ferez pas accroire cette fois-ci comme l'autre ; j'ai bien étudié depuis ce temps-là, et je suis très certain qu'on ne se baptise pas autrement. L'eunuque de la reine Candace[1] fut baptisé dans un ruisseau ; je vous défie de me montrer dans le livre que vous

1. Cet « eunuque de la reine Candace » renvoie à un passage des *Actes des apôtres*, VIII, 26-39.

m'avez donné qu'on s'y soit jamais pris d'une autre façon. Je ne serai point baptisé du tout, ou je le serai dans la rivière. » On eut beau lui démontrer que les usages avaient changé. L'Ingénu était têtu, car il était breton et huron. Il revenait toujours à l'eunuque de la reine Candace. Et, quoique mademoiselle sa tante et Mlle de Saint-Yves, qui l'avaient observé entre les saules, fusent en droit de lui dire qu'il ne lui appartenait pas de citer un pareil homme, elles n'en firent pourtant rien ; tant était grande leur discrétion. L'évêque vint lui-même lui parler, ce qui est beaucoup ; mais il ne gagna rien : le Huron disputa contre l'évêque.

« Montrez-moi, lui dit-il, dans le livre que m'a donné mon oncle, un seul homme qui n'ait pas été baptisé dans la rivière, et je ferai tout ce que vous voudrez. »

La tante, désespérée, avait remarqué que, la première fois que son neveu avait fait la révérence, il en avait fait une plus profonde à Mlle de Saint-Yves qu'à aucune autre personne de la compagnie ; qu'il n'avait pas même salué monsieur l'évêque avec ce respect mêlé de cordialité qu'il avait témoigné à cette belle demoiselle. Elle prit le parti de s'adresser à elle dans ce grand embarras ; elle la pria d'interposer son crédit pour engager le Huron à se faire baptiser de la même manière que les Bretons, ne croyant pas que son neveu pût jamais être chrétien s'il persistait à vouloir être baptisé dans l'eau courante.

Mlle de Saint-Yves rougit du plaisir secret qu'elle sentait d'être chargée d'une si importante commission. Elle s'approcha modestement de l'Ingénu, et lui serrant la main d'une manière tout à fait noble : « Est-ce que vous ne ferez rien pour moi ? » lui dit-elle ; et, en prononçant ces mots, elle baissait les yeux et les relevait avec une grâce attendrissante. « Ah ! tout ce que vous voudrez, mademoiselle, tout ce que vous me commanderez : baptême d'eau, baptême de feu, baptême de sang[1] ; il n'y a rien que je vous refuse. » Mlle de Saint-Yves eut la gloire de faire en deux paroles ce que ni les empressements du prieur, ni les interrogations réitérées du bailli, ni les raisonnements même de monsieur l'évêque n'avaient pu faire. Elle sentit son triomphe ; mais elle n'en sentait pas encore toute l'étendue.

Le baptême fut administré et reçu avec toute la décence, toute la magnificence, tout l'agrément possibles. L'oncle et la tante cédèrent à M. l'abbé de Saint-Yves et à sa sœur l'honneur de tenir l'Ingénu sur les fonts. Mlle de Saint-Yves rayonnait de joie de se voir marraine. Elle ne savait pas à quoi ce grand titre l'asservissait ; elle accepta cet honneur sans en connaître les fatales conséquences.

Comme il n'y eut jamais de cérémonie qui ne fût suivie d'un grand dîner, on se mit à table au sortir du baptême. Les goguenards de Basse-Bretagne dirent qu'il ne fallait pas baptiser son vin. Monsieur le prieur

1. Sur le baptême du sang, voir le *Dictionnaire philosophique*, article « Baptême » : « Plusieurs autres sociétés chrétiennes appliquèrent un cautère au baptisé avec un fer rouge, déterminées à cette étonnante opération par ces paroles de saint Jean Baptiste, rapportées par saint Luc : "Je baptise par l'eau, mais celui qui vient après moi baptisera par le feu" (III, 16). » Le baptême du sang est traditionnellement celui du martyre pour la foi.

disait que le vin, selon Salomon, réjouit le cœur de l'homme[1]. Monsieur l'évêque ajoutait que le patriarche Juda devait lier son ânon à la vigne, et tremper son manteau dans le sang du raisin[2], et qu'il était bien triste qu'on n'en pût faire autant en Basse-Bretagne, à laquelle Dieu a dénié les vignes. Chacun tâchait de dire un bon mot sur le baptême de l'Ingénu, et des galanteries à la marraine. Le bailli, toujours interrogant, demandait au Huron s'il serait fidèle à ses promesses. « Comment voulez-vous que je manque à mes promesses, répondit le Huron, puisque je les ai faites entre les mains de Mlle de Saint-Yves ? »

Le Huron s'échauffa ; il but beaucoup à la santé de sa marraine. « Si j'avais été baptisé de votre main, dit-il, je sens que l'eau froide qu'on m'a versée sur le chignon m'aurait brûlé. » Le bailli trouva cela trop poétique, ne sachant pas combien l'allégorie est familière au Canada. Mais la marraine en fut extrêmement contente.

On avait donné le nom d'Hercule au baptisé. L'évêque de Saint-Malo demandait toujours quel était ce patron dont il n'avait jamais entendu parler. Le jésuite, qui était fort savant, lui dit que c'était un saint qui avait fait douze miracles. Il y en avait un treizième qui valait les douze autres, mais dont il ne convenait pas à un jésuite de parler : c'était celui d'avoir changé cinquante filles en femmes en une seule nuit. Un plaisant qui se trouva là releva ce miracle avec énergie. Toutes les dames baissèrent les yeux, et jugèrent à la

1. Ecclésiaste, XI, 20 : « Le vin et la musique réjouissent le cœur. »

2. Ainsi s'exprime en effet Jacob mourant, au patriarche Juda, en annonçant le Messie (Genèse, XLIX, II).

physionomie de l'Ingénu qu'il était digne du saint dont il portait le nom.

CHAPITRE CINQUIÈME

L'Ingénu amoureux

Il faut avouer que depuis ce baptême et ce dîner, Mlle de Saint-Yves souhaita passionnément que monsieur l'évêque la fît encore participante de quelque beau sacrement avec M. Hercule l'Ingénu. Cependant, comme elle était bien élevée et fort modeste, elle n'osait convenir tout à fait avec elle-même de ses tendres sentiments ; mais s'il lui échappait un regard, un mot, un geste, une pensée, elle enveloppait tout cela d'un voile de pudeur infiniment aimable. Elle était tendre, vive et sage.

Dès que monsieur l'évêque fut parti, l'Ingénu et Mlle de Saint-Yves se rencontrèrent sans avoir fait réflexion qu'ils se cherchaient. Ils se parlèrent sans avoir imaginé ce qu'ils se diraient. L'Ingénu lui dit d'abord qu'il l'aimait de tout son cœur, et que la belle Abacaba, dont il avait été fou dans son pays, n'approchait pas d'elle. Mademoiselle lui répondit, avec sa modestie ordinaire, qu'il fallait en parler au plus vite à monsieur le prieur son oncle et à mademoiselle sa tante, et que de son côté elle en dirait deux mots à son cher frère l'abbé de Saint-Yves, et qu'elle se flattait d'un consentement commun.

L'Ingénu lui répond qu'il n'avait besoin du consentement de personne ; qu'il lui paraissait extrêmement ridicule d'aller demander à d'autres ce qu'on devait faire ; que, quand deux parties sont d'accord, on n'a pas besoin d'un tiers pour les accommoder. « Je ne consulte personne, dit-il, quand j'ai envie de déjeuner, ou de chasser, ou de dormir. Je sais bien qu'en amour il n'est pas mal d'avoir le consentement de la personne à qui on en veut ; mais, comme ce n'est ni de mon oncle ni de ma tante que je suis amoureux, ce n'est pas à eux que je dois m'adresser dans cette affaire ; et, si vous m'en croyez, vous vous passerez aussi de M. l'abbé de Saint-Yves. »

On peut juger que la belle Bretonne employa toute la délicatesse de son esprit à réduire son Huron aux termes de la bienséance. Elle se fâcha même, et bientôt se radoucit. Enfin on ne sait comment aurait fini cette conversation, si, le jour baissant, monsieur l'abbé n'avait ramené sa sœur à son abbaye. L'Ingénu laissa coucher son oncle et sa tante, qui étaient un peu fatigués de la cérémonie et de leur long dîner. Il passa une partie de la nuit à faire des vers en langue huronne pour sa bien-aimée : car il faut savoir qu'il n'y a aucun pays de la terre où l'amour n'ait rendu les amants poètes.

Le lendemain, son oncle lui parla ainsi après le déjeuner, en présence de Mlle Kerkabon, qui était tout attendrie : « Le ciel soit loué de ce que vous avez l'honneur, mon cher neveu, d'être chrétien et Bas-Breton ! mais cela ne suffit pas ; je suis un peu sur l'âge ; mon frère n'a laissé qu'un petit coin de terre qui est très peu de chose ; j'ai un bon prieuré : si vous voulez seulement vous faire sous-diacre, comme je l'espère, je vous résignerai mon prieuré, et vous vivrez fort à votre aise. après avoir été la consolation de ma vieillesse.»

L'Ingénu répondit: «Mon oncle, grand bien vous fasse! vivez tant que vous pourrez. Je ne sais pas ce que c'est que d'être sous-diacre ni que de résigner; mais tout me sera bon pourvu que j'aie Mlle de Saint-Yves à ma disposition. — Eh, mon Dieu! mon neveu, que me dites-vous là? Vous aimez donc cette belle demoiselle à la folie? — Oui, mon oncle. — Hélas! mon neveu, il est impossible que vous l'épousiez. — Cela est très possible, mon oncle; car non seulement elle m'a serré la main en me quittant, mais elle m'a promis qu'elle me demanderait en mariage; et assurément je l'épouserai. — Cela est impossible, vous dis-je: elle est votre marraine; c'est un péché épouvantable à une marraine de serrer la main de son filleul; il n'est pas permis d'épouser sa marraine; les lois divines et humaines s'y opposent[1]. — Morbleu! mon oncle, vous vous moquez de moi; pourquoi serait-il défendu d'épouser sa marraine, quand elle est jeune et jolie? Je n'ai point vu dans le livre que vous m'avez donné qu'il fût mal d'épouser les filles qui ont aidé les gens à être baptisés. Je m'aperçois tous les jours qu'on fait ici une infinité de choses qui ne sont point dans votre livre, et qu'on n'y fait rien de tout ce qu'il dit. Je vous avoue que cela m'étonne et me fâche. Si on me prive de la belle Saint-Yves sous pré-

1. En l'absence de mariage civil, cette interdiction d'épouser sa marraine ou sa commère avait en effet, théoriquement, force de loi.

texte de mon baptême, je vous avertis que je l'enlève et que je me débaptise. »

Le prieur fut confondu ; sa sœur pleura. « Mon cher frère, dit-elle, il ne faut pas que notre neveu se damne ; notre saint-père le pape peut lui donner dispense, et alors il pourra être chrétiennement heureux avec ce qu'il aime. » L'Ingénu embrassa sa tante. « Quel est donc, dit-il, cet homme charmant qui favorise avec tant de bonté les garçons et les filles dans leurs amours ? Je veux lui aller parler tout à l'heure. »

On lui expliqua ce que c'était que le pape, et l'Ingénu fut encore plus étonné qu'auparavant. « Il n'y a pas un mot de tout cela dans votre livre, mon cher oncle ; j'ai voyagé, je connais la mer ; nous sommes ici sur la côte de l'Océan, et je quitterais Mlle de Saint-Yves pour aller demander la permission de l'aimer à un homme qui demeure vers la Méditerranée, à quatre cents lieues d'ici, et dont je n'entends point la langue ! Cela est d'un ridicule incompréhensible ! Je vais sur-le-champ chez M. l'abbé de Saint-Yves, qui ne demeure qu'à une lieue de vous, et je vous réponds que j'épouserai ma maîtresse dans la journée. »

Comme il parlait encore, entra le bailli, qui, selon sa coutume, lui demanda où il allait. « Je vais me marier », dit l'Ingénu en courant ; et au bout d'un quart d'heure il était déjà chez sa belle et chère Basse-Brette, qui dormait encore. « Ah ! mon frère, disait Mlle de Kerkabon au prieur, jamais vous ne ferez un sous-diacre de notre neveu. »

Le bailli fut très mécontent de ce voyage : car il prétendait que son fils épousât la Saint-Yves ; et ce fils était encore plus sot et plus insupportable que son père.

CHAPITRE SIXIÈME

L'Ingénu court chez sa maîtresse, et devient furieux

À peine l'Ingénu était arrivé, qu'ayant demandé à une vieille servante où était la chambre de sa maîtresse, il avait poussé fortement la porte mal fermée et s'était élancé vers le lit. Mlle de Saint-Yves, se réveillant en sursaut, s'était écriée : « Quoi ! c'est vous ! ah ! c'est vous ! arrêtez-vous, que faites-vous ? » Il avait répondu : « Je vous épouse » ; et en effet il l'épousait, si elle ne s'était pas débattue avec toute l'honnêteté d'une personne qui a de l'éducation.

L'Ingénu n'entendait pas raillerie ; il trouvait toutes ces façons-là extrêmement impertinentes. « Ce n'était pas ainsi qu'en usait Mlle Abacaba, ma première maîtresse ; vous n'avez point de probité ; vous m'avez promis mariage, et vous ne voulez point faire mariage : c'est manquer aux premières lois de l'honneur ; je vous apprendrai à tenir votre parole, et je vous remettrai dans le chemin de la vertu. »

L'Ingénu possédait une vertu mâle et intrépide, digne de son patron Hercule, dont on lui avait donné le nom à son baptême ; il allait l'exercer dans toute son étendue, lorsqu'aux cris perçants de la demoiselle plus discrètement vertueuse accourut le sage abbé de Saint-Yves, avec sa gouvernante, un vieux domestique dévot et un prêtre de la paroisse. Cette vue modéra le courage de l'assaillant. « Eh, mon Dieu ! mon cher voisin, lui dit l'abbé, que faites-vous là ? — Mon devoir, répliqua le jeune homme ; je remplis mes promesses, qui sont sacrées. »

Mlle de Saint-Yves se rajusta en rougissant. On emmena l'Ingénu dans un autre appartement. L'abbé lui remontra l'énormité du procédé. L'Ingénu se défendit sur les privilèges de la loi naturelle, qu'il connaissait parfaitement. L'abbé voulut prouver que la loi positive devait avoir tout l'avantage, et que, sans les conventions faites entre les hommes, la loi de nature ne serait presque jamais qu'un brigandage naturel. « Il faut, lui disait-il, des notaires, des prêtres, des témoins, des contrats, des dispenses. » L'Ingénu lui répondit par la réflexion que les sauvages ont toujours faite : « Vous êtes donc de bien malhonnêtes gens, puisqu'il faut entre vous tant de précautions. »

L'abbé eut de la peine à résoudre cette difficulté. « Il y a, dit-il, je l'avoue, beaucoup d'inconstants et de fripons parmi nous, et il y en aurait autant chez les Hurons s'ils étaient rassemblés dans une grande ville ; mais aussi il y a des âmes sages, honnêtes, éclairées, et ce sont ces hommes-là qui ont fait les lois. Plus on est homme de bien, plus on doit s'y soumettre ; on donne l'exemple aux vicieux, qui respectent un frein que la vertu s'est donné elle-même. »

Cette réponse frappa l'Ingénu. On a déjà remarqué qu'il avait l'esprit juste. On l'adoucit par des paroles flatteuses ; on lui donna des espérances : ce sont les deux pièges où les hommes des deux hémisphères se prennent ; on lui présenta même Mlle de Saint-Yves, quand elle eut fait sa toilette. Tout se passa avec la plus grande bienséance. Mais, malgré cette décence, les yeux étincelants de l'Ingénu Hercule firent toujours baisser ceux de sa maîtresse, et trembler la compagnie.

On eut une peine extrême à le renvoyer chez ses parents. Il fallut encore employer le crédit de la belle Saint-Yves ; plus elle sentait son pouvoir sur lui, et plus elle l'aimait. Elle le fit partir, et en fut très affligée ; enfin, quand il fut parti, l'abbé, qui non seulement était le frère très aîné de Mlle de Saint-Yves, mais qui était aussi son tuteur, prit le parti de soustraire sa pupille aux empressements de cet amant redoutable. Il alla consulter le bailli, qui, destinant toujours son fils à la sœur de l'abbé, lui conseilla de mettre la pauvre fille dans une communauté. Ce fut un coup terrible : une indifférente qu'on mettrait au couvent jetterait les hauts cris ; mais une amante, et une amante aussi sage que tendre, c'était de quoi la mettre au désespoir.

L'Ingénu, de retour chez le prieur, raconta tout avec sa naïveté ordinaire. Il essuya les mêmes remontrances, qui firent quelque effet sur son esprit, et aucun sur ses sens ; mais le lendemain, quand il voulut retourner chez sa belle maîtresse pour raisonner avec elle sur la loi naturelle et sur la loi de convention, monsieur le bailli lui apprit avec une joie insultante qu'elle était dans un couvent. « Eh bien ! dit-il, j'irai raisonner dans ce couvent. — Cela ne se peut », dit le bailli. Il lui expliqua fort au long ce que c'était qu'un couvent ou un convent ; que ce mot venait du latin *conventus*, qui signifie assemblée ; et le Huron ne pouvait comprendre pourquoi il ne pouvait pas être admis dans l'assemblée. Sitôt qu'il fut instruit que cette assemblée étai tune espèce de prison où l'on tenait les filles renfermées, chose horrible, inconnue chez les Hurons et chez les Anglais, il devint aussi furieux que le fut son patron Hercule lorsque Euryte, roi d'Œchalie, non moins cruel que l'abbé de Saint-Yves, lui refusa la belle Iole sa fille, non moins belle que la sœur de l'abbé. Il voulait aller mettre le feu au couvent, enlever sa maîtresse, ou se brûler avec elle. Mlle de Kerkabon, épouvantée, renonçait plus que jamais à toutes les espérances de voir son neveu sous-diacre, et disait en pleurant qu'il avait le diable au corps depuis qu'il était baptisé.

CHAPITRE SEPTIÈME

L'Ingénu repousse les Anglais

L'Ingénu, plongé dans une sombre et profonde mélancolie, se promena vers le bord de la mer, son fusil à deux coups sur l'épaule, son grand coutelas au côté, tirant de temps en temps sur quelques oiseaux, et souvent tenté de tirer sur lui-même; mais il aimait encore la vie, à cause de Mlle de Saint-Yves. Tantôt il maudissait son oncle, sa tante, et toute la Basse-Bretagne, et son baptême; tantôt il les bénissait puisqu'ils lui avaient fait connaître celle qu'il aimait. Il prenait sa résolution d'aller brûler le couvent, et il s'arrêtait tout court, de peur de brûler sa maîtresse. Les flots de la Manche ne sont pas plus agités par les vents d'est et d'ouest que son cœur l'était par tant de mouvements contraires.

Il marchait à grands pas, sans savoir où, lorsqu'il entendit le son du tambour. Il vit de loin tout un peuple dont une moitié courait au rivage, et l'autre s'enfuyait.

Mille cris s'élèvent de tous côtés ; la curiosité et le courage le précipitent à l'instant vers l'endroit d'où partaient ces clameurs ; il y vole en quatre bonds. Le commandant de la milice, qui avait soupé avec lui chez le prieur, le reconnut aussitôt ; il court à lui, les bras ouverts : « Ah ! c'est l'Ingénu, il combattra pour nous. » Et les milices, qui mouraient de peur, se rassurèrent et crièrent aussi : « C'est l'Ingénu ! c'est l'Ingénu ! »

« Messieurs, dit-il, de quoi s'agit-il ? Pourquoi êtes-vous si effarés ? A-t-on mis vos maîtresses dans des couvents ? » Alors cent voix confuses s'écrient : « Ne voyez-vous pas les Anglais qui abordent[1] ? — Eh bien ! répliqua le Huron, ce sont de braves gens ; ils ne m'ont jamais proposé de me faire sous-diacre ; ils ne m'ont point enlevé ma maîtresse. »

Le commandant lui fit entendre que les Anglais venaient piller l'abbaye de la Montagne, boire le vin de son oncle, et peut-être enlever Mlle de Saint-Yves ; que le petit vaisseau sur lequel il avait abordé en Bretagne n'était venu que pour reconnaître la côte ; qu'ils

1. Exemple caractéristique de la façon dont Voltaire concilie les données de l'histoire de 1689 et les faits de l'histoire de son propre temps. Les descentes des Anglais sur la côte bretonne, c'est à la fois l'actualité de 1689 (au moment où, pour restaurer Jacques II, la France prépare une expédition en Irlande et doit faire croiser une escadre dans la Manche pour protéger les côtes) et celle de la guerre de Sept Ans, dans laquelle les Anglais, en s'emparant de Belle-Île, finirent par obtenir en échange la cession du Canada.

faisaient des actes d'hostilité sans avoir déclaré la guerre au roi de France, et que la province était exposée. « Ah ! si cela est, ils violent la loi naturelle ; laissez-moi faire ; j'ai demeuré longtemps parmi eux, je sais leur langue, je leur parlerai ; je ne crois pas qu'ils puissent avoir un si méchant dessein. »

Pendant cette conversation, l'escadre anglaise approchait ; voilà le Huron qui court vers elle, se jette dans un petit bateau, arrive, monte au vaisseau amiral, et demande s'il est vrai qu'ils viennent ravager le pays sans avoir déclaré la guerre honnêtement. L'amiral et tout son bord firent de grands éclats de rire, lui firent boire du punch, et le renvoyèrent.

L'Ingénu, piqué, ne songea plus qu'à se bien battre contre ses anciens amis pour ses compatriotes et pour monsieur le prieur. Les gentilshommes du voisinage accouraient de toutes parts : il se joint à eux ; on avait quelques canons ; il les charge, il les pointe, il les tire l'un après l'autre. Les Anglais débarquent ; il court à eux, il en tue trois de sa main, il blesse même l'amiral qui s'était moqué de lui. Sa valeur anime le courage de toute la milice ; les Anglais se rembarquent, et toute la côte retentissait des cris de victoire : « Vive le roi ! vive l'Ingénu ! » Chacun l'embrassait, chacun s'empressait d'étancher le sang de quelques blessures légères[1] qu'il avait reçues. « Ah ! disait-il, si Mlle de Saint-Yves était là, elle me mettrait une compresse. »

Le bailli, qui s'était caché dans sa cave pendant le

1. Les blessures restent « légères ». C'est la « guerre en dentelles » : l'atmosphère est bien différente de celle qui règne au chapitre III de *Candide*, consacré à la guerre des Abares et des Bulgares.

combat, vint lui faire compliment comme les autres. Mais il fut bien surpris quand il entendit Hercule l'Ingénu dire à une douzaine de jeunes gens de bonne volonté, dont il était entouré : « Mes amis, ce n'est rien d'avoir délivré l'abbaye de la Montagne ; il faut délivrer une fille. » Toute cette bouillante jeunesse prit feu à ces seules paroles. On le suivait déjà en foule, on courait au couvent. Si le bailli n'avait pas sur-le-champ averti le commandant, si on n'avait pas couru après la troupe joyeuse, c'en était fait. On ramena l'Ingénu chez son oncle et sa tante, qui le baignèrent de larmes de joie et de tendresse.

« Je vois bien que vous ne serez jamais ni sous-diacre, ni prieur, lui dit l'oncle ; vous serez un officier encore plus brave que mon frère le capitaine, et probablement aussi gueux. » Et Mlle de Kerkabon pleurait toujours en l'embrassant, et en disant : « Il se fera tuer comme mon frère ; il vaudrait bien mieux qu'il fût sous-diacre. »

L'Ingénu, dans le combat, avait ramassé une grosse bourse remplie de guinées, que probablement l'amiral avait laissée tomber. Il ne douta pas qu'avec cette bourse il ne pût acheter toute la Basse-Bretagne, et surtout faire Mlle de Saint-Yves grande dame. Chacun l'exhorta de faire le voyage de Versailles, pour y recevoir le prix de ses services. Le commandant, les principaux officiers, le comblèrent de certificats. L'oncle et la tante approuvèrent le voyage du neveu. Il devait être, sans difficulté, présenté au roi : cela seul lui donnerait un prodigieux relief dans la province. Ces deux bonnes gens ajoutèrent à la bourse anglaise un présent considérable de leurs épargnes. L'Ingénu disait en lui-même : « Quand je verrai le roi je lui demanderai Mlle de Saint-Yves en mariage, et certainement il ne me refusera pas. » Il partit donc aux acclamations de tout le canton, étouffé d'embrassements, baigné des larmes de sa tante, béni par son oncle, et se recommandant à la belle Saint-Yves.

CHAPITRE HUITIÈME

L'Ingénu va en cour. Il soupe en chemin avec des huguenots

L'Ingénu prit le chemin de Saumur par le coche, parce qu'il n'y avait point alors d'autre commodité. Quand il fut à Saumur, il s'étonna de trouver la ville presque déserte, et de voir plusieurs familles qui déménageaient. On lui dit que, six ans auparavant, Saumur contenait plus de quinze mille âmes, et qu'à présent il n'y en avait pas six mille[1]. Il ne manqua pas d'en parler à souper dans son hôtellerie. Plusieurs protestants étaient à table ; les uns se plaignaient amèrement, d'autres frémissaient de colère, d'autres disaient en pleurant : *Nos dulcia linquimus arva, nos patriam fugimus*[2]. L'Ingénu, qui ne savait pas le latin, se fit expli-

1. Les faits sont encore historiquement exacts. Depuis la révocation de l'édit de Nantes (1685), Saumur ne s'était pas relevée.

2. Citation d'un passage fameux des *Bucoliques* de Virgile, 1re Églogue, v. 3 : « Nous abandonnons nos doux champs, nous fuyons notre patrie. »

quer ces paroles, qui signifient : « Nous abandonnons nos douces campagnes, nous fuyons notre patrie. »

« Et pourquoi fuyez-vous votre patrie, messieurs ? — C'est qu'on veut que nous reconnaissions le pape. — Et pourquoi ne le reconnaîtriez-vous pas ? Vous n'avez donc point de marraines que vous vouliez épouser ? car on m'a dit que c'était lui qui en donnait la permission. — Ah ! monsieur, ce pape dit qu'il est le maître du domaine des rois ! — Mais, messieurs, de quelle profession êtes-vous ? — Monsieur, nous sommes pour la plupart des drapiers et des fabricants. — Si votre pape dit qu'il est le maître de vos draps et de vos fabriques, vous faites très bien de ne le pas reconnaître ; mais pour les rois, c'est leur affaire : de quoi vous mêlez-vous ? » Alors un petit homme noir prit la parole, et exposa très savamment les griefs de la compagnie. Il parla de la révocation de l'édit de Nantes avec tant d'énergie, il déplora d'une manière si pathétique le sort de cinquante mille familles fugitives et de cinquante mille autres converties par les dragons, que l'Ingénu à son tour versa des larmes. « D'où vient donc, disait-il, qu'un si grand roi, dont la gloire s'étend jusque chez les Hurons, se prive ainsi de tant de cœurs qui l'auraient aimé, et de tant de bras qui l'auraient servi[1] ?

— C'est qu'on l'a trompé comme les autres grands rois, répondit l'homme noir. On lui a fait croire que, dès qu'il aurait dit un mot, tous les hommes pense-

1. C'est exactement la thèse centrale du *Siècle de Louis XIV*, que Voltaire a révisé pour une nouvelle édition, destinée à répondre aux critiques de La Beaumelle. Le *Mémoire pour une nouvelle édition du Siècle de Louis XIV* paraîtra entre le 1er et le 15 août 1767.

raient comme lui, et qu'il nous ferait changer de religion, comme son musicien Lulli[1] fait changer en un moment les décorations de ses opéras. Non seulement il perd déjà cinq à six cent mille sujets très utiles, mais il s'en fait des ennemis ; et le roi Guillaume, qui est actuellement maître de l'Angleterre, a composé plusieurs régiments de ces mêmes Français qui auraient combattu pour leur monarque.

« Un tel désastre est d'autant plus étonnant que le pape régnant, à qui Louis XIV sacrifie une partie de son peuple, est son ennemi déclaré. Ils ont encore tous deux, depuis neuf ans, une querelle violente. Elle a été poussée si loin que la France a espéré enfin de voir briser le joug qui la soumet depuis tant de siècles à cet étranger, et surtout de ne lui plus donner d'argent, ce qui est le premier mobile des affaires de ce monde. Il paraît donc évident qu'on a trompé ce grand roi sur ses intérêts comme sur l'étendue de son pouvoir, et qu'on a donné atteinte à la magnanimité de son cœur. »

L'Ingénu, attendri de plus en plus, demanda quels étaient les Français qui trompaient ainsi un monarque si cher aux Hurons. « Ce sont les jésuites, lui répondit-on ; c'est surtout le père de La Chaise, confesseur de Sa Majesté. Il faut espérer que Dieu les en punira un jour, et qu'ils seront chassés comme ils nous chassent. Y a-t-il un malheur égal aux nôtres ? Mons de Louvois nous envoie de tous côtés des jésuites et des dragons.

1. Léger anachronisme. Lulli était mort en 1687. Il est vrai qu'il régnera encore sur l'opéra en France pendant de nombreuses années.

— Oh bien ! messieurs, répliqua l'Ingénu, qui ne pouvait plus se contenir, je vais à Versailles recevoir la récompense due à mes services ; je parlerai à ce mons de Louvois : on m'a dit que c'est lui qui fait la guerre, de son cabinet. Je verrai le roi, je lui ferai connaître la vérité ; il est impossible qu'on ne se rende pas à cette vérité quand on la sent. Je reviendrai bientôt pour épouser Mlle de Saint-Yves, et je vous prie à la noce. » Ces bonnes gens le prirent alors pour un grand seigneur qui voyageait *incognito* par le coche. Quelques-uns le prirent pour le fou du roi.

Il y avait à table un jésuite déguisé qui servait d'espion au révérend père de La Chaise. Il lui rendait compte de tout, et le père de La Chaise en instruisait mons de Louvois. L'espion écrivit. L'Ingénu et la lettre arrivèrent presque en même temps à Versailles.

CHAPITRE NEUVIÈME

Arrivée de l'Ingénu à Versailles. Sa réception à la cour

L'Ingénu débarque en pot de chambre* dans la cour des cuisines. Il demande aux porteurs de chaise à quelle heure on peut voir le roi. Les porteurs lui rient au nez, tout comme avait fait l'amiral anglais. Il les

* C'est une voiture de Paris à Versailles, laquelle ressemble à un petit tombereau couvert (note de l'Auteur).

traita de même, il les battit ; ils voulurent le lui rendre, et la scène allait être sanglante s'il n'eût passé un garde du corps, gentilhomme breton, qui écarta la canaille. « Monsieur, lui dit le voyageur, vous me paraissez un brave homme ; je suis le neveu de M. le prieur de Notre-Dame de la Montagne ; j'ai tué des Anglais, je viens parler au roi : je vous prie de me mener dans sa chambre. » Le garde, ravi de trouver un brave de sa province, qui ne paraissait pas au fait des usages de la cour, lui apprit qu'on ne parlait pas ainsi au roi, et qu'il fallait être présenté par Mgr de Louvois. « Eh bien ! menez-moi donc chez ce Mgr de Louvois, qui sans doute me conduira chez Sa Majesté. — Il est encore plus difficile, répliqua le garde, de parler à Mgr de Louvois qu'à Sa Majesté. Mais je vais vous conduire chez M. Alexandre[1], le premier commis de la guerre : c'est comme si vous parliez au ministre. » Ils vont donc chez ce M. Alexandre, premier commis, et ils ne purent être introduits ; il était en affaire avec une dame de la cour, et il y avait ordre de ne laisser entrer personne. « Eh bien ! dit le garde, il n'y a rien de perdu ; allons chez le premier commis de M. Alexandre : c'est comme si vous parliez à M. Alexandre lui-même. »

Le Huron, tout étonné, le suit ; ils restent ensemble une demi-heure dans une petite antichambre. « Qu'est-ce donc que tout ceci ? dit l'Ingénu ; est-ce que tout le monde est invisible dans ce pays-ci ? Il est bien plus aisé de se battre en Basse-Bretagne contre les Anglais

1. Alexandre est un personnage historique. Il servit effectivement jusqu'en 1701 dans les bureaux de Louvois, comme premier commis de M. de Saint-Pouange.

que de rencontrer à Versailles les gens à qui on a affaire. » Il se désennuya en racontant ses amours à son compatriote. Mais l'heure en sonnant rappela le garde du corps à son poste. Ils se promirent de se revoir le lendemain ; et l'Ingénu resta encore une autre demi-heure dans l'antichambre, en rêvant à Mlle de Saint-Yves, et à la difficulté de parler aux rois et aux premiers commis.

Enfin le patron parut. « Monsieur, lui dit l'Ingénu, si j'avais attendu pour repousser les Anglais aussi longtemps que vous m'avez fait attendre mon audience, ils ravageraient actuellement la Basse-Bretagne tout à leur aise. » Ces paroles frappèrent le commis. Il dit enfin au Breton : « Que demandez-vous ? — Récompense, dit l'autre ; voici les titres. » Il lui étala tous ses certificats. Le commis lut, et lui dit que probablement on lui accorderait la permission d'acheter une lieutenance. « Moi ! que je donne de l'argent pour avoir repoussé les Anglais ! que je paye le droit de me faire tuer pour vous, pendant que vous donnez ici vos audiences tranquillement ? Je crois que vous voulez rire. Je veux une compagnie de cavalerie pour rien. Je veux que le roi fasse sortir Mlle de Saint-Yves du couvent, et qu'il me la donne par mariage. Je veux parler au roi en faveur de cinquante mille familles que je prétends lui rendre. En un mot, je veux être utile : qu'on m'emploie et qu'on m'avance.

— Comment vous nommez-vous, monsieur, qui parlez si haut ? — Oh ! oh ! reprit l'Ingénu, vous n'avez donc pas lu mes certificats ? C'est donc ainsi qu'on en use ? Je m'appelle Hercule de Kerkabon ; je suis baptisé, je loge au Cadran bleu, et je me plaindrai de vous au roi. » Le commis conclut, comme les gens de Saumur, qu'il n'avait pas la tête bien saine, et n'y fit pas grande attention.

Ce même jour, le révérend père La Chaise, confesseur de Louis XIV, avait reçu la lettre de son espion, qui accusait le Breton Kerkabon de favoriser dans son cœur les huguenots, et de condamner la conduite des jésuites. M. de Louvois, de son côté, avait reçu une lettre de l'interrogant bailli, qui dépeignait l'Ingénu comme un garnement qui voulait brûler les couvents et enlever les filles.

L'Ingénu, après s'être promené dans les jardins de Versailles, où il s'ennuya, après avoir soupé en Huron et en Bas-Breton, s'était couché dans la douce espérance de voir le roi le lendemain, d'obtenir Mlle de Saint-Yves en mariage, d'avoir au moins une compagnie de cavalerie, et de faire cesser la persécution contre les huguenots. Il se berçait de ces flatteuses idées, quand la maréchaussée entra dans sa chambre. Elle se saisit d'abord de son fusil à deux coups et de son grand sabre.

On fit un inventaire de son argent comptant, et on le mena dans le château que fit construire le roi Charles V, fils de Jean II, auprès de la rue Saint-Antoine, à la porte des Tournelles.

Quel était en chemin l'étonnement de l'Ingénu, je vous le laisse à penser. Il crut d'abord que c'était un rêve. Il resta dans l'engourdissement ; puis tout à coup, transporté d'une fureur qui redoublait ses forces, il prend à la gorge deux de ses conducteurs qui étaient avec lui dans le carrosse, les jette par la portière, se jette après eux, et entraîne le troisième, qui voulait le retenir. Il tombe de l'effort, on le lie, on le remonte dans la voiture. « Voilà donc, disait-il, ce que l'on gagne à chasser les Anglais de la Basse-Bretagne ! Que dirais-tu, belle Saint-Yves, si tu me voyais dans cet état ? »

On arrive enfin au gîte qui lui était destiné. On le porte en silence dans la chambre où il devait être enfermé, comme un mort qu'on porte dans un cimetière Cette chambre était déjà occupée par un vieux solitaire de Port-Royal, nommé Gordon[1], qui y languissait depuis deux ans. « Tenez, lui dit le chef des sbires, voilà de la compagnie que je vous amène » ; et sur-le-champ on referma les énormes verrous de la porte épaisse, revêtue de larges barres. Les deux captifs restèrent séparés de l'univers entier.

CHAPITRE DIXIÈME

L'Ingénu enfermé a la Bastille avec un janséniste

M. Gordon était un vieillard frais et serein, qui savait deux grandes choses : supporter l'adversité et consoler les malheureux. Il s'avança d'un air ouvert

1. Voltaire s'est-il souvenu pour ce nom d'un polémiste anglais, Thomas Gordon, mort en 1750 ? D'abord pasteur, il devint philosophe et grand adversaire de l'intolérance. Voltaire avait pu le connaître pendant son séjour à Londres chez le ministre Walpole, dont il devint le secrétaire à partir de 1723.

et compatissant vers son compagnon, et lui dit en l'embrassant : « Qui que vous soyez qui venez partager mon tombeau, soyez sûr que je m'oublierai toujours moi-même pour adoucir vos tourments dans l'abîme infernal où nous sommes plongés. Adorons la Providence qui nous y a conduits, souffrons en paix, et espérons. » Ces paroles firent sur l'âme de l'Ingénu l'effet des gouttes d'Angleterre[1] qui rappellent un mourant à la vie, et lui font entrouvrir des yeux étonnés.

Après les premiers compliments, Gordon, sans le presser de lui apprendre la cause de son malheur, lui inspira, par la douceur de son entretien, et par cet intérêt que prennent deux malheureux l'un à l'autre, le désir d'ouvrir son cœur et de déposer le fardeau qui l'accablait ; mais il ne pouvait deviner le sujet de son malheur : cela lui paraissait un effet sans cause, et le bonhomme Gordon était aussi étonné que lui-même.

« Il faut, dit le janséniste au Huron, que Dieu ait de grands desseins sur vous, puisqu'il vous a conduit du lac Ontario en Angleterre et en France, qu'il vous a fait baptiser en Basse-Bretagne, et qu'il vous a mis ici pour votre salut. — Ma foi, répondit l'Ingénu, je crois que le diable s'est mêlé seul de ma destinée. Mes compatriotes d'Amérique ne m'auraient jamais traité avec la barbarie que j'éprouve ; ils n'en ont pas d'idée. On les appelle *sauvages* ; ce sont des gens de bien grossiers, et les hommes de ce pays-ci sont des coquins raffinés.

1. L'inventeur des gouttes d'Angleterre (cordial énergique dont le sel ammoniac faisait le principe excitant) fut Jonathan Goddard, né vers 1617, mort en 1674, médecin en chef de l'armée anglaise sous Cromwell.

Je suis, à la vérité, bien surpris d'être venu de l'autre monde pour être enfermé dans celui-ci sous quatre verrous avec un prêtre ; mais je fais réflexion au nombre prodigieux d'hommes qui partent d'un hémisphère pour aller se faire tuer dans l'autre, ou qui font naufrage en chemin, et qui sont mangés des poissons : je ne vois pas les gracieux desseins de Dieu sur tous ces gens-là. »

On leur apporta à dîner par un guichet. La conversation roula sur la Providence, sur les lettres de cachet, et sur l'art de ne pas succomber aux disgrâces auxquelles tout homme est exposé dans ce monde. « Il y a deux ans que je suis ici, dit le vieillard, sans autre consolation que moi-même et des livres ; je n'ai pas eu un moment de mauvaise humeur.

— Ah ! monsieur Gordon, s'écria l'Ingénu, vous n'aimez donc pas votre marraine ? Si vous connaissiez comme moi Mlle de Saint-Yves, vous seriez au désespoir. » À ces mots il ne put retenir ses larmes, et il se sentit alors un peu moins oppressé. « Mais, dit-il, pourquoi donc les larmes soulagent-elles ? Il me semble qu'elles devraient faire un effet contraire. — Mon fils, tout est physique en nous, dit le bon vieillard ; toute sécrétion fait du bien au corps, et tout ce qui le soulage soulage l'âme : nous sommes les machines de la Providence. »

L'Ingénu, qui, comme nous l'avons dit plusieurs fois, avait un grand fonds d'esprit, fit de profondes réflexions sur cette idée, dont il semblait qu'il avait la semence en lui-même. Après quoi il demanda à son compagnon pourquoi sa machine était depuis deux ans sous quatre verrous. « Par la grâce efficace, répondit Gordon ; je passe pour janséniste : j'ai connu Arnaud et Nicole ; les jésuites nous ont persécutés. Nous croyons que le pape n'est qu'un évêque comme un autre ; et c'est pour cela que le père de La Chaise a obtenu du roi, son pénitent, un ordre de me ravir, sans aucune formalité de justice, le bien le plus précieux des hommes, la liberté. — Voilà qui est bien étrange, dit l'Ingénu ; tous les malheureux que j'ai rencontrés ne le sont qu'à cause du pape.

« À l'égard de votre grâce efficace, je vous avoue que je n'y entends rien ; mais je regarde comme une grande grâce que Dieu m'ait fait trouver dans mon malheur un homme comme vous, qui verse dans mon cœur des consolations dont je me croyais incapable. »

Chaque jour la conversation devenait plus intéressante et plus instructive. Les âmes des deux captifs s'attachaient l'une à l'autre. Le vieillard savait beaucoup, et le jeune homme voulait beaucoup apprendre. Au bout d'un mois il étudia la géométrie ; il la dévorait. Gordon lui fit lire la *Physique* de Rohault[1], qui était encore à la mode, et il eut le bon esprit de n'y trouver que des incertitudes.

Ensuite il lut le premier volume de la *Recherche de la vérité*. Cette nouvelle lumière l'éclaira. « Quoi ! dit-il, notre imagination et nos sens nous trompent à ce

1. Cf. *Catalogue de la plupart des écrivains français qui ont paru dans le siècle de Louis XIV* : « ROHAULT (Jacques), né à Amiens en 1620. Il abrégea et il exposa avec clarté et méthode la philosophie de Descartes ; mais aujourd'hui cette philosophie, erronée presque en tout, n'a d'autre mérite que celui d'avoir été opposée aux erreurs anciennes. Mort en 1674. » — Le *Traité de physique* date de 1671.

point ! quoi ! les objets ne forment point nos idées, et nous ne pouvons nous les donner nous-mêmes ! » Quand il eut lu le second volume, il ne fut plus si content, et il conclut qu'il est plus aisé de détruire que de bâtir.

Son confrère, étonné qu'un jeune ignorant fît cette réflexion qui n'appartient qu'aux âmes exercées, conçut une grande idée de son esprit et s'attacha à lui davantage.

« Votre Malebranche, lui dit un jour l'Ingénu, me paraît avoir écrit la moitié de son livre avec sa raison, et l'autre avec son imagination et ses préjugés[1]. »

Quelques jours après, Gordon lui demanda : « Que pensez-vous donc de l'âme, de la manière dont nous recevons nos idées, de notre volonté, de la grâce, du libre arbitre ? — Rien, lui repartit l'Ingénu ; si je pensais quelque chose, c'est que nous sommes sous la puissance de l'Être éternel comme les astres et les éléments ; qu'il fait tout en nous, que nous sommes de petites roues de la machine immense dont il est l'âme ; qu'il agit par des lois générales et non par des vues particulières ; cela seul me paraît intelligible, tout le reste est pour moi un abîme de ténèbres.

— Mais, mon fils, ce serait faire Dieu auteur du péché !

— Mais, mon père, votre grâce efficace ferait Dieu auteur du péché aussi : car il est certain que tous ceux

1. Malebranche occupe une grande place dans la pensée de Voltaire, voir *Micromégas*, p. 39. Voltaire était très impressionné en particulier pendant ses années de Cirey par la *Recherche de la vérité*.

à qui cette grâce serait refusée pécheraient ; et qui nous livre au mal n'est-il pas l'auteur du mal ? »

Cette naïveté embarrassait fort le bonhomme ; il sentait qu'il faisait de vains efforts pour se tirer de ce bourbier, et il entassait tant de paroles qui paraissaient avoir du sens et qui n'en avaient point (dans le goût de la prémotion physique[1]) que l'Ingénu en avait pitié. Cette question tenait évidemment à l'origine du bien et du mal ; et alors il fallait que le pauvre Gordon passât en revue la boîte de Pandore, l'œuf d'Orosmade percé par Arimane, l'inimitié entre Typhon et Osiris, et enfin le péché originel ; et ils couraient l'un et l'autre dans cette nuit profonde, sans jamais se rencontrer. Mais enfin ce roman de l'âme détournait leur vue de la contemplation de leur propre misère ; et par un charme étrange, la foule des calamités répandues sur l'univers diminuait la sensation de leurs peines : ils n'osaient se plaindre quand tout souffrait.

Mais dans le repos de la nuit, l'image de la belle Saint-Yves effaçait dans l'esprit de son amant toutes les idées de métaphysique et de morale. Il se réveillait les yeux mouillés de larmes ; et le vieux janséniste oubliait sa grâce efficace, et l'abbé de Saint-Cyran, et Jansénius, pour consoler un jeune homme qu'il croyait en péché mortel.

Après leurs lectures, après leurs raisonnements, ils parlaient encore de leurs aventures ; et après en avoir

1. La *prémotion physique* est une doctrine théologique d'après laquelle Dieu agit directement, physiquement, sur la volonté de la créature. Allusion de Voltaire au livre de l'abbé Laurent-François Boursier (1679-1749) : *L'Action de Dieu sur les créatures ou la Prémotion physique.*

inutilement parlé, ils lisaient ensemble ou séparément. L'esprit du jeune homme se fortifiait de plus en plus. Il serait surtout allé très loin en mathématique, sans les distractions que lui donnait Mlle de Saint-Yves.

Il lut des histoires, elles l'attristèrent. Le monde lui parut trop méchant et trop misérable. En effet, l'histoire n'est que le tableau des crimes et des malheurs. La foule des hommes innocents et paisibles disparaît toujours sur ces vastes théâtres. Les personnages ne sont que des ambitieux pervers. Il semble que l'histoire ne plaise que comme la tragédie, qui languit si elle n'est animée par les passions, les forfaits et les grandes infortunes. Il faut armer Clio du poignard comme Melpomène.

Quoique l'histoire de France soit remplie d'horreurs ainsi que toutes les autres, cependant elle lui parut si dégoûtante dans ses commencements, si sèche dans son milieu, si petite enfin, même du temps de Henri IV, toujours si dépourvue de grands monuments, si étrangère à ces belles découvertes qui ont illustré d'autres nations, qu'il était obligé de lutter contre l'ennui pour lire tous ces détails de calamités obscures resserrées dans un coin du monde.

Gordon pensait comme lui. Tous deux riaient de pitié quand il était question des souverains de Fezensac, de Fezansaguet et d'Astarac[1]. Cette étude en effet ne serait bonne que pour leurs héritiers s'ils en avaient.

1. Il s'agit là de trois petits comtés du pays d'Armagnac : Fezensac, qui mesurait sept lieues de long sur cinq de large, avait été réuni au comté d'Armagnac, en même temps que Fezensaguet, en 1418 ; le comté d'Astarac (treize lieues de long sur cinq de large) avait été adjugé en 1661 au duc de Roquelaure.

Les beaux siècles de la république romaine le rendirent quelque temps indifférent pour le reste de la terre. Le spectacle de Rome victorieuse et législatrice des nations occupait son âme entière. Il s'échauffait en contemplant ce peuple qui fut gouverné sept cents ans par l'enthousiasme de la liberté et de la gloire.

Ainsi se passaient les jours, les semaines, les mois ; et il se serait cru heureux dans le séjour du désespoir, s'il n'avait point aimé.

Son bon naturel s'attendrissait encore sur le prieur de Notre-Dame de la Montagne et sur la sensible Kerkabon. « Que penseront-ils, répétait-il souvent, quand ils n'auront point de mes nouvelles ? Ils me croiront un ingrat. » Cette idée le tourmentait ; il plaignait ceux qui l'aimaient, beaucoup plus qu'il ne se plaignait lui-même.

CHAPITRE ONZIÈME

Comment l'Ingénu développe son génie

La lecture agrandit l'âme, et un ami éclairé la console. Notre captif jouissait de ces deux avantages qu'il n'avait pas soupçonnés auparavant. « Je serais tenté, dit-il, de croire aux métamorphoses, car j'ai été changé de brute en homme. » Il se forma une bibliothèque choisie d'une partie de son argent dont on lui permettait de disposer. Son ami l'encouragea à mettre par écrit ses réflexions. Voici ce qu'il écrivit sur l'histoire ancienne :

Je m'imagine que les nations ont été longtemps comme moi, qu'elles ne se sont instruites que fort tard, qu'elles n'ont été occupées pendant des siècles que du moment présent qui coulait, très peu du passé et jamais de l'avenir. J'ai parcouru cinq ou six cents lieues du Canada, je n'y ai pas trouvé un seul monument ; personne n'y sait rien de ce qu'a fait son bisaïeul. Ne serait-ce pas là l'état naturel de l'homme ? L'espèce de ce continent-ci me paraît supérieure à celle de l'autre. Elle a augmenté son être depuis plusieurs siècles par les arts et par les connaissances. Est-ce parce qu'elle a de la barbe au menton, et que Dieu a refusé la barbe aux Américains ? Je ne le crois pas ; car je vois que les Chinois n'ont presque point de barbe, et qu'ils cultivent les arts depuis plus de cinq mille années. En effet, s'ils ont plus de quatre mille ans d'annales, il faut bien que la nation ait été rassemblée et florissante depuis plus de cinquante siècles.

Une chose me frappe surtout dans cette ancienne histoire de la Chine, c'est que presque tout y est vraisemblable et naturel. Je l'admire en ce qu'il n'y a rien de merveilleux.

Pourquoi toutes les autres nations se sont-elles donné des origines fabuleuses ? Les anciens chroniqueurs de l'histoire de France, qui ne sont pas fort anciens, font venir les Français d'un Francus, fils d'Hector. Les Romains se disaient issus d'un Phrygien, quoiqu'il n'y eût pas dans leur langue un seul mot qui eût le moindre rapport à la langue de Phrygie. Les dieux avaient habité dix mille ans en Égypte et les diables en Scythie, où ils avaient engendré les Huns. Je ne vois, avant Thucydide, que des romans semblables aux Amadis[1], *et beaucoup moins amusants. Ce sont partout des apparitions, des oracles, des prodiges, des sortilèges, des métamorphoses, des songes expliqués, et qui font la destinée des plus grands empires et des plus petits États : ici des bêtes qui parlent, là des bêtes qu'on adore, des dieux transformés en hommes, et des hommes transformés en dieux. Ah ! s'il nous faut des fables, que ces fables soient du moins l'emblème de la vérité ! J'aime les fables des philosophes, je ris de celles des enfants, et je hais celles des imposteurs.*

Il tomba un jour sur une histoire de l'empereur Justinien. On y lisait que des apédeutes[2] de Constantinople avaient donné, en très mauvais grec, un édit contre le plus grand capitaine du siècle, parce que ce héros avait prononcé ces paroles dans la chaleur de la conversation : *La vérité luit de sa propre lumière, et on n'éclaire pas les esprits avec les flammes des bûchers*[3].

1. *Amadis* : il s'agit d'un cycle de célèbres romans de chevalerie. Écrits d'abord en portugais au XIVe siècle, ils eurent un succès considérable, en particulier l'*Amadis de Gaule*, attribué au Portugais Vasco de Lobeira, qui mourut en 1403.

2. Ce mot d'*apédeute* est forgé par Voltaire sur l'adjectif grec ἀπαίδευτος, qu'on rencontre notamment chez Platon, et qui désigne un homme sans éducation.

3. Citation tirée du roman de Marmontel, *Bélisaire*, censuré par la Sorbonne au début d'avril 1767. Le héros en était précisément Bélisaire, le fameux général de Justinien Ier, empereur d'Orient (527-565).

Les apédeutes assurèrent que cette proposition était hérétique, sentant l'hérésie, et que l'axiome contraire était catholique, universel et grec : *On n'éclaire les esprits qu'avec la flamme des bûchers, et la vérité ne saurait luire de sa propre lumière.* Ces linostoles[1] condamnèrent ainsi plusieurs discours du capitaine, et donnèrent un édit.

« Quoi ! s'écria l'Ingénu, des édits rendus par ces gens-là ! — Ce ne sont point des édits, répliqua Gordon, ce sont des contre-édits, dont tout le monde se moquait à Constantinople, et l'empereur tout le premier : c'était un sage prince qui avait su réduire les apédeutes linostoles à ne pouvoir faire que du bien. Il savait que ces messieurs-là et plusieurs autres pastophores[2] avaient lassé de contre-édits la patience des empereurs ses prédécesseurs en matière plus grave. — Il fit fort bien, dit l'Ingénu ; on doit soutenir les pastophores et les contenir. »

Il mit par écrit beaucoup d'autres réflexions qui épouvantèrent le vieux Gordon. « Quoi ! dit-il en lui-même, j'ai consumé cinquante ans à m'instruire, et je crains de ne pouvoir atteindre au bon sens naturel de cet enfant presque sauvage ! Je tremble d'avoir laborieusement fortifié des préjugés ; il n'écoute que la simple nature. »

1. L'étymologie du mot *linostole*, forgé par Voltaire comme *apédeute*, est le grec λινόστολος, habillé de lin. Il désigne plaisamment les docteurs de la Sorbonne, suivant un procédé qu'on retrouvera, notamment, dans l'*Aventure de la mémoire*.

2. Ce mot, encore une fois calqué du grec παστόφορος, désigne proprement les desservants ou prêtres grecs chargés de porter, dans les temples, les statuettes de la divinité. Voltaire l'emploie comme équivalent de prêtre, comme ailleurs il emploie *mage*.

Le bonhomme avait quelques-uns de ces petits livres de critique, de ces brochures périodiques où des hommes incapables de rien produire dénigrent les productions des autres, où les Visé insultent aux Racine, et les Faydit aux Fénelon[1]. L'Ingénu en parcourut quelques-uns. « Je les compare, disait-il, à certains moucherons qui vont déposer leurs œufs dans le derrière des plus beaux chevaux : cela ne les empêche pas de courir. » À peine les deux philosophes daignèrent-ils jeter les yeux sur ces excréments de la littérature.

Ils lurent bientôt ensemble les éléments de l'astronomie ; l'Ingénu fit venir des sphères : ce grand spectacle le ravissait. « Qu'il est dur, disait-il, de ne commencer à connaître le ciel que lorsqu'on me ravit le droit de le contempler ! Jupiter et Saturne roulent dans ces espaces immenses ; des millions de soleils éclairent des milliards de mondes ; et dans le coin de terre où je suis jeté, il se trouve des êtres qui me privent, moi être voyant et pensant, de tous ces mondes où ma vue pourrait atteindre, et de celui où Dieu m'a fait naître ! La lumière faite pour tout l'univers est perdue pour moi. On ne me la cachait pas dans l'horizon septentrional où j'ai passé mon enfance et ma jeunesse. Sans vous, mon cher Gordon, je serais ici dans le néant. »

1. Jean Donneau de Visé (1640-1710), littérateur de second ordre, prit une part dans les querelles contre Racine, Molière et Boileau. Il fut en 1672 le fondateur du *Mercure galant*, qui devait devenir plus tard le *Mercure de France*. Faydit (1640-1709), oratorien, s'attaqua effectivement à Fénelon dans sa *Télémachomanie* (1700).

CHAPITRE DOUZIÈME

Ce que l'Ingénu pense des pièces de théâtre

Le jeune Ingénu ressemblait à un de ces arbres vigoureux qui, nés dans un sol ingrat, étendent en peu de temps leurs racines et leurs branches quand ils sont transplantés dans un terrain favorable ; et il était bien extraordinaire qu'une prison fût ce terrain.

Parmi les livres qui occupaient le loisir des deux captifs, il se trouva des poésies, des traductions de tragédies grecques, quelques pièces du théâtre français. Les vers qui parlaient d'amour portèrent à la fois dans l'âme de l'Ingénu le plaisir et la douleur. Ils lui parlaient tous de sa chère Saint-Yves. La fable des *Deux pigeons*[1] lui perça le cœur : il était bien loin de pouvoir revenir à son colombier.

Molière l'enchanta. Il lui faisait connaître les mœurs de Paris et du genre humain. « À laquelle de ses comédies donnez-vous la préférence ? — Au *Tartuffe*, sans difficulté. — Je pense comme vous, dit Gordon ; c'est un tartufe qui m'a plongé dans ce cachot, et peut-être ce sont des tartufes qui ont fait votre malheur. Comment trouvez-vous ces tragédies grecques[2] ? — Bonnes

1. Voltaire avait une grande admiration pour cette fable de La Fontaine (IX, II) et pour son auteur.

2. Voltaire a toujours trouvé les tragédies grecques inférieures aux grandes tragédies françaises du XVIIe siècle.

pour des Grecs», dit l'Ingénu. Mais quand il lut l'*Iphigénie* moderne, *Phèdre*, *Andromaque*, *Athalie*, il fut en extase, il soupira, il versa des larmes, il les sut par cœur sans avoir envie de les apprendre.

«Lisez *Rodogune*, lui dit Gordon : on dit que c'est le chef-d'œuvre du théâtre ; les autres pièces qui vous ont fait tant de plaisir sont peu de chose en comparaison.» Le jeune homme, dès la première page, lui dit : «Cela n'est pas du même auteur. — À quoi le voyez-vous ? — Je n'en sais rien encore ; mais ces vers-là ne vont ni à mon oreille ni à mon cœur. — Oh ! ce n'est rien que les vers», répliqua Gordon. L'Ingénu répondit. «Pourquoi donc en faire ?»

Après avoir lu très attentivement la pièce, sans autre dessein que celui d'avoir du plaisir, il regardait son ami avec des yeux secs et étonnés, et ne savait que dire. Enfin, pressé de rendre compte de ce qu'il avait senti, voici ce qu'il répondit : «Je n'ai guère entendu le commencement ; j'ai été révolté du milieu ; la dernière scène m'a beaucoup ému, quoiqu'elle me paraisse peu vraisemblable ; je ne me suis intéressé pour personne, et je n'ai pas retenu vingt vers, moi qui les retiens tous quand ils me plaisent.

— Cette pièce passe pourtant pour la meilleure que nous ayons. — Si cela est, répliqua-t-il, elle est peut-être comme bien des gens qui ne méritent pas leurs places. Après tout, c'est ici une affaire du goût : le mien ne doit pas encore être formé ; je peux me tromper ; mais vous savez que je suis assez accoutumé à dire ce que je pense, ou plutôt ce que je sens. Je soupçonne qu'il y a souvent de l'illusion, de la mode, du caprice, dans les jugements des hommes. J'ai parlé d'après la nature : il se peut que chez moi la nature soit très imparfaite ; mais il se peut aussi qu'elle soit quelquefois peu consultée par la plupart des hommes. » Alors il récita des vers d'*Iphigénie*, dont il était plein, et quoiqu'il ne déclamât pas bien, il y mit tant de vérité et d'onction qu'il fit pleurer le vieux janséniste. Il lut ensuite *Cinna* : il ne pleura point, mais il admira. « Je suis fâché pourtant, dit-il, que cette brave fille reçoive tous les jours des rouleaux[1] de l'homme qu'elle veut faire assassiner. Je lui dirais volontiers ce que j'ai lu dans *Les Plaideurs* : Eh ! rendez donc l'argent ! »

CHAPITRE TREIZIÈME

La belle Saint-Yves va à Versailles

Pendant que notre infortuné s'éclairait plus qu'il ne se consolait ; pendant que son génie, étouffé depuis si longtemps, se déployait avec tant de rapidité et de force ; pendant que la nature, qui se perfectionnait en lui, le vengeait des outrages de la fortune, que devinrent monsieur le prieur et sa bonne sœur, et la belle recluse Saint-Yves ? Le premier mois on fut inquiet, et au troisième on fut plongé dans la douleur : les fausses conjectures, les bruits mal fondés alarmèrent ; au bout de six mois on le crut mort. Enfin, M. et Mlle de Ker-

1. Allusion aux rouleaux de pièces d'or et d'argent qu'Émilie aurait reçus d'Auguste.

kabon apprirent, par une ancienne lettre qu'un garde du roi avait écrite en Bretagne, qu'un jeune homme semblable à l'Ingénu était arrivé un soir à Versailles, mais qu'il avait été enlevé pendant la nuit, et que depuis ce temps personne n'en avait entendu parler.

« Hélas ! dit Mlle Kerkabon, notre neveu aura fait quelque sottise et se sera attiré de fâcheuses affaires. Il est jeune, il est Bas-Breton, il ne peut savoir comme on doit se comporter à la cour. Mon cher frère, je n'ai jamais vu Versailles ni Paris ; voici une belle occasion, nous retrouverons peut-être notre pauvre neveu ; c'est le fils de notre frère, notre devoir est de le secourir. Qui sait si nous ne pourrons point parvenir enfin à le faire sous-diacre, quand la fougue de la jeunesse sera amortie ? Il avait beaucoup de disposition pour les sciences. Vous souvenez-vous comme il raisonnait sur l'Ancien et sur le Nouveau Testament ? Nous sommes responsables de son âme ; c'est nous qui l'avons fait baptiser ; sa chère maîtresse Saint-Yves passe les journées à pleurer. En vérité, il faut aller à Paris. S'il est caché dans quelqu'une de ces vilaines maisons de joie dont on m'a fait tant de récits, nous l'en tirerons. » Le prieur fut touché des discours de sa sœur. Il alla trouver l'évêque de Saint-Malo qui avait baptisé le Huron, et lui demanda sa protection et ses conseils. Le prélat approuva le voyage. Il donna au prieur des lettres de recommandation pour le père de La Chaise, confesseur du roi, qui avait la première dignité du royaume ; pour l'archevêque de Paris Harlay[1], et pour l'évêque de Meaux Bossuet.

1. François de Harlay de Champvallon (1625-1695), archevêque de Paris à partir de 1671, et qui joua un rôle important dans la révo-

Enfin le frère et la sœur partirent ; mais quand ils furent arrivés à Paris, ils se trouvèrent égarés comme dans un vaste labyrinthe sans fil et sans issue. Leur fortune était médiocre ; il leur fallait tous les jours des voitures pour aller à la découverte, et ils ne découvraient rien.

Le prieur se présenta chez le révérend père de La Chaise : il était avec Mlle du Tron et ne pouvait donner audience à des prieurs. Il alla à la porte de l'archevêque : le prélat était enfermé avec la belle Mme de Lesdiguières pour les affaires de l'Église. Il courut à la maison de campagne de l'évêque de Meaux : celui-ci examinait avec Mlle de Mauléon[1] l'amour mystique de Mme Guyon. Cependant il parvint à se faire entendre de ces deux prélats ; tous deux lui déclarèrent qu'ils ne pouvaient se mêler de son neveu, attendu qu'il n'était pas sous-diacre.

Enfin il vit le jésuite ; celui-ci le recut à bras ouverts, lui protesta qu'il avait toujours eu pour lui une estime particulière, ne l'ayant jamais connu. Il jura que la Société avait toujours été attachée aux Bas-Bretons. « Mais, dit-il, votre neveu n'aurait-il pas le malheur d'être huguenot ? — Non, assurément, mon Révérend

cation de l'édit de Nantes, était réputé pour ses aventures galantes. Sa liaison avec Mme de Lesdiguières était la fable de la cour. — Mlle du Tron est la nièce de Bontemps, premier valet de chambre de Louis XIV.

1. Amie de Bossuet qui lui donna de quoi acheter la petite terre de Mauléon, à cinq lieues de Paris. Elle prit alors le nom de Mauléon, et vécut près de cent années. Une commission présidée par Bossuet condamna en 1696 le « quiétisme » de Mme Guyon, c'est-à-dire la doctrine de l'anéantissement mystique de l'âme en Dieu qui rend inutile l'usage des sacrements.

Père. — Serait-il point janséniste ? — Je puis assurer à Votre Révérence qu'à peine est-il chrétien. Il y a environ onze mois que nous l'avons baptisé. — Voilà qui est bien, voilà qui est bien, nous aurons soin de lui. Votre bénéfice est-il considérable ? — Oh ! fort peu de chose, et mon neveu nous coûte beaucoup. — Y a-t-il quelques jansénistes dans le voisinage ? Prenez bien garde, mon cher monsieur le prieur, ils sont plus dangereux que les huguenots et les athées. — Mon Révérend Père, nous n'en avons point ; on ne sait ce que c'est que le jansénisme à Notre-Dame de la Montagne. — Tant mieux ; allez, il n'y a rien que je ne fasse pour vous. » Il congédia affectueusement le prieur, et n'y pensa plus.

Le temps s'écoulait, le prieur et la bonne sœur se désespéraient.

Cependant le maudit bailli pressait le mariage de son grand benêt de fils avec la belle Saint-Yves, qu'on avait fait sortir exprès du couvent. Elle aimait toujours son cher filleul autant qu'elle détestait le mari qu'on lui présentait. L'affront d'avoir été mise dans un couvent augmentait sa passion. L'ordre d'épouser le fils du bailli y mettait le comble. Les regrets, la tendresse et l'horreur bouleversaient son âme. L'amour, comme on sait, est bien plus ingénieux et plus hardi dans une jeune fille que l'amitié ne l'est dans un vieux prieur et dans une tante de quarante-cinq ans passés. De plus, elle s'était bien formée dans son couvent par les romans qu'elle avait lus à la dérobée.

La belle Saint-Yves se souvenait de la lettre qu'un garde du corps avait écrite en Basse-Bretagne, et dont on avait parlé dans la province. Elle résolut d'aller elle-même prendre des informations à Versailles, de se jeter aux pieds des ministres si son mari était en prison, comme on le disait, et d'obtenir justice pour lui. Je ne sais quoi l'avertissait secrètement qu'à la cour on ne refuse rien à une jolie fille. Mais elle ne savait pas ce qu'il en coûtait.

Sa résolution prise, elle est consolée, elle est tranquille, elle ne rebute plus son sot prétendu ; elle accueille le détestable beau-père, caresse son frère, répand l'allégresse dans la maison ; puis, le jour destiné à la cérémonie, elle part secrètement à quatre heures du matin avec ses petits présents de noce et tout ce qu'elle a pu rassembler. Ses mesures étaient si bien prises qu'elle était déjà à plus de dix lieues lorsqu'on entra dans sa chambre vers le midi. La surprise et la consternation furent grandes. L'interrogant bailli fit ce jour-là plus de questions qu'il n'en avait fait dans toute la semaine ; le mari resta plus sot qu'il ne l'avait jamais été. L'abbé de Saint-Yves en colère prit le parti de courir après sa sœur. Le bailli et son fils voulurent l'accompagner. Ainsi la destinée conduisait à Paris presque tout ce canton de la Basse-Bretagne.

La belle Saint-Yves se doutait bien qu'on la suivrait. Elle était à cheval ; elle s'informait adroitement des courriers s'ils n'avaient point rencontré un gros abbé, un énorme bailli et un jeune benêt, qui couraient sur le chemin de Paris. Ayant appris au troisième jour qu'ils n'étaient pas loin, elle prit une route différente, et eut assez d'habileté et de bonheur pour arriver à Versailles tandis qu'on la cherchait inutilement dans Paris.

Mais comment se conduire à Versailles ? Jeune,

belle, sans conseil, sans appui, inconnue, exposée à tout, comment oser chercher un garde du roi ? Elle imagina de s'adresser à un jésuite du bas étage ; il y en avait pour toutes les conditions de la vie, comme Dieu, disaient-ils, a donné différentes nourritures aux diverses espèces d'animaux. Il avait donné au roi son confesseur, que tous les solliciteurs de bénéfices appelaient le *chef de l'Église gallicane* ; ensuite venaient les confesseurs des princesses ; les ministres n'en avaient point : ils n'étaient pas si sots. Il y avait les jésuites du grand commun[1], et surtout les jésuites des femmes de chambre, par lesquelles on savait les secrets des maîtresses, et ce n'était pas un petit emploi. La belle Saint-Yves s'adressa à un de ces derniers, qui s'appelait le père Tout-à-tous. Elle se confessa à lui, lui exposa ses aventures, son état, son danger, et le conjura de la loger chez quelque bonne dévote qui la mît à l'abri des tentations.

Le père Tout-à-tous l'introduisit chez la femme d'un officier du gobelet[2], l'une de ses plus affidées[3] pénitentes. Dès qu'elle y fut, elle s'empressa de gagner la confiance et l'amitié de cette femme ; elle s'informa du garde breton, et le fit prier de venir chez elle. Ayant su de lui que son amant avait été enlevé

1. Le « commun » désignait les officiers subalternes de la « maison du roi ». Le grand commun se distinguait du petit, qui comprenait seulement les plus élevés de ces officiers.

2. Le *gobelet* était un office de la maison du roi, dont les titulaires étaient chargés du ravitaillement de la table, en particulier du pain, du vin, du fruit et du linge.

3. Affidées : dévouées. Le terme *affidé* est ici péjoratif sous la plume de Voltaire.

après avoir parlé à un premier commis, elle court chez ce commis : la vue d'une belle femme l'adoucit, car il faut convenir que Dieu n'a créé les femmes que pour apprivoiser les hommes.

Le plumitif attendri lui avoua tout. « Votre amant est à la Bastille depuis près d'un an, et sans vous il y serait peut-être toute sa vie. » La tendre Saint-Yves s'évanouit. Quand elle eut repris ses sens, le plumitif lui dit : « Je suis sans crédit pour faire du bien ; tout mon pouvoir se borne à faire du mal quelquefois. Croyez-moi, allez chez M. de Saint-Pouange[1], qui fait le bien et le mal, cousin et favori de Mgr de Louvois. Ce ministre a deux âmes : M. de Saint-Pouange en est une ; Mme du Belloy[2], l'autre ; mais elle n'est pas à présent à Versailles ; il ne vous reste que de fléchir le protecteur que je vous indique. »

La belle Saint-Yves, partagée entre un peu de joie et d'extrêmes douleurs, entre quelque espérance et de tristes craintes, poursuivie par son frère, adorant son amant, essuyant ses larmes et en versant encore, tremblante, affaiblie, et reprenant courage, courut vite chez M. de Saint-Pouange.

1. Saint-Pouange est un personnage historique, qui fut commis de la guerre jusqu'en 1701. À travers le personnage historique, le lecteur de 1767 pouvait reconnaître aussi le comte de Saint-Florentin, secrétaire d'État de Louis XV, puis de Louis XVI, jusqu'en 1775. Voltaire l'avait trouvé en face de lui dans l'affaire Calas et lui reprochait, comme au personnage de roman, l'abus des lettres de cachet et des mœurs faciles.

2. Il s'agit sans doute de Mme du Fresnoy, femme d'un premier commis et maîtresse de Louvois.

CHAPITRE QUATORZIÈME

Progrès de l'esprit de l'Ingénu

L'Ingénu faisait des progrès rapides dans les sciences, et surtout dans la science de l'homme. La cause du développement rapide de son esprit était due à son éducation sauvage presque autant qu'à la trempe de son âme. Car n'ayant rien appris dans son enfance, il n'avait point appris de préjugés. Son entendement, n'ayant point été courbé par l'erreur, était demeuré dans toute sa rectitude. Il voyait les choses comme elles sont, au lieu que les idées qu'on nous donne dans l'enfance nous les font voir toute notre vie comme elles ne sont point. « Vos persécuteurs sont abominables, disait-il à son ami Gordon. Je vous plains d'être opprimé, mais je vous plains d'être janséniste. Toute secte me paraît le ralliement de l'erreur. Dites-moi s'il y a des sectes en géométrie. — Non, mon cher enfant, lui dit en soupirant le bon Gordon ; tous les hommes sont d'accord sur la vérité quand elle est démontrée, mais ils sont trop partagés sur les vérités obscures. — Dites sur les faussetés obscures. S'il y avait eu une seule vérité cachée dans vos amas d'arguments qu'on ressasse depuis tant de siècles, on l'aurait découverte sans doute ; et l'univers aurait été d'accord au moins sur ce point-là. Si cette vérité était nécessaire comme le soleil l'est à la terre, elle serait brillante comme lui. C'est une absurdité, c'est un outrage au genre humain, c'est un attentat contre l'Être infini et suprême de dire : “Il y a une vérité essentielle à l'homme, et Dieu l'a cachée.” »

Tout ce que disait ce jeune ignorant, instruit par la nature, faisait une impression profonde sur l'esprit du vieux savant infortuné. « Serait-il bien vrai, s'écria-t-il, que je me fusse rendu malheureux pour des chimères ? Je suis bien plus sûr de mon malheur que de la grâce efficace. J'ai consumé mes jours à raisonner sur la liberté de Dieu et du genre humain, mais j'ai perdu la mienne ; ni saint Augustin ni Prosper[1] ne me tireront de l'abîme où je suis. »

L'Ingénu, livré à son caractère, dit enfin : « Voulez-vous que je vous parle avec une confiance hardie ? Ceux qui se font persécuter pour ces vaines disputes de l'école me semblent peu sages ; ceux qui persécutent me paraissent des monstres. »

Les deux captifs étaient fort d'accord sur l'injustice de leur captivité. « Je suis cent fois plus à plaindre que vous, disait l'Ingénu ; je suis né libre comme l'air ; j'avais deux vies, la liberté et l'objet de mon amour : on me les ôte. Nous voici tous deux dans les fers, sans en savoir la raison, et sans pouvoir la demander. J'ai vécu huron vingt ans ; on dit que ce sont des barbares parce qu'ils se vengent de leurs ennemis ; mais ils n'ont jamais opprimé leurs amis. À peine ai-je mis le pied en France que j'ai versé mon sang pour elle ; j'ai peut-être sauvé une province, et pour récompense je suis englouti dans ce tombeau des vivants, où je serais mort de rage sans vous. Il n'y a donc point de lois

1. Saint Prosper, né en Aquitaine en 403, milita ardemment en faveur des écrits de saint Augustin.

dans ce pays ! On condamne les hommes sans les entendre ! Il n'en est pas ainsi en Angleterre. Ah ! ce n'était pas contre les Anglais que je devais me battre. » Ainsi sa philosophie naissante ne pouvait dompter la nature outragée dans le premier de ses droits, et laissait un libre cours à sa juste colère.

Son compagnon ne le contredit point. L'absence augmente toujours l'amour qui n'est pas satisfait, et la philosophie ne le diminue pas. Il parlait aussi souvent de sa chère Saint-Yves que de morale et de métaphysique. Plus ses sentiments s'épuraient, et plus il aimait. Il lut quelques romans nouveaux ; il en trouva peu qui lui peignissent la situation de son âme. Il sentait que son cœur allait toujours au-delà de ce qu'il lisait. « Ah ! disait-il, presque tous ces auteurs-là n'ont que de l'esprit et de l'art. » Enfin le bon prêtre janséniste devenait insensiblement le confident de sa tendresse. Il ne connaissait l'amour auparavant que comme un péché dont on s'accuse en confession. Il apprit à le connaître comme un sentiment aussi noble que tendre, qui peut élever l'âme autant que l'amollir, et produire même quelquefois des vertus. Enfin, pour dernier prodige, un Huron convertissait un janséniste.

CHAPITRE QUINZIÈME

La belle Saint-Yves résiste à des propositions délicates

La belle Saint-Yves, plus tendre encore que son amant, alla donc chez M. de Saint-Pouange, accompagnée de l'amie chez qui elle logeait, toutes deux cachées dans leurs coiffes. La première chose qu'elle vit à la porte ce fut l'abbé de Saint-Yves, son frère, qui en sortait. Elle fut intimidée ; mais la dévote amie la rassura. « C'est précisément parce qu'on a parlé contre vous qu'il faut que vous parliez. Soyez sûre que dans ce pays les accusateurs ont toujours raison si on ne se hâte de les confondre. Votre présence d'ailleurs, ou je me trompe fort, fera plus d'effet que les paroles de votre frère. »

Pour peu qu'on encourage une amante passionnée, elle est intrépide. La Saint-Yves se présente à l'audience. Sa jeunesse, ses charmes, ses yeux tendres, mouillés de quelques pleurs, attirèrent tous les regards. Chaque courtisan du sous-ministre oublia un moment l'idole du pouvoir pour contempler celle de la beauté. Le Saint-Pouange la fit entrer dans un cabinet ; elle parla avec attendrissement et avec grâce. Saint-Pouange se sentit touché. Elle tremblait, il la rassura. « Revenez ce soir, lui dit-il ; vos affaires méritent qu'on y pense et qu'on en parle à loisir. Il y a ici trop de monde. On expédie les audiences trop rapidement. Il faut que je vous entretienne à fond de tout ce qui vous regarde. »

Ensuite, ayant fait l'éloge de sa beauté et de ses sentiments, il lui recommanda de venir à sept heures du soir.

Elle n'y manqua pas ; la dévote amie l'accompagna encore, mais elle se tint dans le salon, et lut le *Pédagogue chrétien*[1], pendant que le Saint-Pouange et la belle Saint-Yves étaient dans l'arrière-cabinet. « Croiriez-vous bien, mademoiselle, lui dit-il d'abord, que votre frère est venu me demander une lettre de cachet contre vous ? En vérité j'en expédierais plutôt une pour le renvoyer en Basse-Bretagne. — Hélas ! monsieur, on est donc bien libéral de lettres de cachet dans vos bureaux, puisqu'on en vient solliciter du fond du royaume, comme des pensions ? Je suis bien loin d'en demander une contre mon frère. J'ai beaucoup à me plaindre de lui, mais je respecte la liberté des hommes ; je demande celle d'un homme que je veux épouser, d'un homme à qui le roi doit la conservation d'une province, qui peut le servir utilement, et qui est fils d'un officier tué à son service. De quoi est-il accusé ? Comment a-t-on pu le traiter si cruellement sans l'entendre ? »

Alors le sous-ministre lui montra la lettre du jésuite espion et celle du perfide bailli. « Quoi ! il y a de pareils monstres sur la terre ! et on veut me forcer ainsi à épouser le fils ridicule d'un homme ridicule et méchant ! et c'est sur de pareils avis qu'on décide ici de la destinée des citoyens ! » Elle se jeta à genoux,

1. *Le Pédagogue chrétien* est un ouvrage d'Outreman, ou Oultreman (Philippe), né en 1585, mort en 1652. Cf. l'article « Enfer » du *Dictionnaire philosophique* : « C'est un excellent livre pour les sots que *Le Pédagogue chrétien*. »

elle demanda avec des sanglots la liberté du brave homme qui l'adorait. Ses charmes dans cet état parurent dans leur plus grand avantage. Elle était si belle que le Saint-Pouange, perdant toute honte, lui insinua qu'elle réussirait si elle commençait par lui donner les prémices de ce qu'elle réservait à son amant. La Saint-Yves, épouvantée et confuse, feignit longtemps de ne le pas entendre ; il fallut s'expliquer plus clairement. Un mot lâché d'abord avec retenue en produisait un plus fort, suivi d'un autre plus expressif. On offrit non seulement la révocation de la lettre de cachet, mais des récompenses, de l'argent, des honneurs, des établissements ; et plus on promettait, plus le désir de n'être pas refusé augmentait.

La Saint-Yves pleurait, elle était suffoquée, à demi renversée sur un sofa, croyant à peine ce qu'elle voyait, ce qu'elle entendait. Le Saint-Pouange, à son tour, se jeta à ses genoux. Il n'était pas sans agréments, et aurait pu ne pas effaroucher un cœur moins prévenu. Mais Saint-Yves adorait son amant et croyait que c'était un crime horrible de le trahir pour le servir. Saint-Pouange redoublait les prières et les promesses. Enfin, la tête lui tourna au point qu'il lui déclara que c'était le seul moyen de tirer de sa prison l'homme auquel elle prenait un intérêt si violent et si tendre. Cet étrange entretien se prolongeait. La dévote de l'antichambre, en lisant son *Pédagogue chrétien*, disait : « Mon Dieu ! que peuvent-ils faire là depuis deux heures ? Jamais Mgr de Saint-Pouange n'a donné une si longue audience ; peut-être qu'il a tout refusé à cette pauvre fille, puisqu'elle le prie encore. »

Enfin sa compagne sortit de l'arrière-cabinet, tout

éperdue, sans pouvoir parler, réfléchissant profondément sur le caractère des grands et des demi-grands qui sacrifient si légèrement la liberté des hommes et l'honneur des femmes.

Elle ne dit pas un mot pendant tout le chemin. Arrivée chez l'amie, elle éclata, elle lui conta tout. La dévote fit de grands signes de croix : « Ma chère amie, il faut consulter dès demain le père Tout-à-tous, notre directeur ; il a beaucoup de crédit auprès de M. de Saint-Pouange ; il confesse plusieurs servantes de sa maison ; c'est un homme pieux et accommodant, qui dirige aussi des femmes de qualité. Abandonnez-vous à lui, c'est ainsi que j'en use ; je m'en suis toujours bien trouvée. Nous autres, pauvres femmes, nous avons besoin d'être conduites par un homme. — Eh bien, donc ! ma chère amie, j'irai trouver demain le père Tout-à-tous. »

CHAPITRF SEIZIÈME

Elle consulte un jésuite

Dès que la belle et désolée Saint-Yves fut avec son bon confesseur, elle lui confia qu'un homme puissant et voluptueux lui proposait de faire sortir de prison celui qu'elle devait épouser légitimement, et qu'il demandait un grand prix de son service ; qu'elle avait une répugnance horrible pour une telle infidélité, et que, s'il ne s'agissait que de sa propre vie, elle la sacrifierait plutôt que de succomber.

« Voilà un abominable pécheur ! lui dit le père Tout-à-tous. Vous devriez bien me dire le nom de ce vilain homme ; c'est à coup sûr quelque janséniste ; je le dénoncerai à Sa Révérence le père de La Chaise, qui le fera mettre dans le gîte où est à présent la chère personne que vous devez épouser. »

La pauvre fille, après un long embarras et de grandes irrésolutions, lui nomma enfin Saint-Pouange.

« Mgr de Saint-Pouange ! s'écria le jésuite ; ah ! ma fille, c'est tout autre chose ; il est cousin du plus grand ministre que nous ayons jamais eu, homme de bien, protecteur de la bonne cause, bon chrétien ; il ne peut avoir eu une telle pensée, il faut que vous ayez mal entendu.
— Ah ! mon père, je n'ai entendu que trop bien ; je suis perdue quoi que je fasse ; je n'ai que le choix du malheur et de la honte ; il faut que mon amant reste enseveli tout vivant, ou que je me rende indigne de vivre. Je ne puis le laisser périr, et je ne puis le sauver. »

Le père Tout-à-tous tâcha de la calmer par ces douces paroles :

« Premièrement, ma fille, ne dites jamais ce mot, *mon amant* ; il a quelque chose de mondain qui pourrait offenser Dieu. Dites : *mon mari* ; car, bien qu'il ne le soit pas encore, vous le regardez comme tel, et rien n'est plus honnête.

« Secondement, bien qu'il soit votre époux en idée, en espérance, il ne l'est pas en effet ainsi vous ne commettriez pas un adultère, péché énorme qu'il faut toujours éviter autant qu'il est possible.

« Troisièmement, les actions ne sont pas d'une malice de coulpe quand l'intention est pure ; et rien n'est plus pur que de délivrer votre mari.

« Quatrièmement, vous avez des exemples dans la sainte antiquité qui peuvent merveilleusement servir à votre conduite. Saint Augustin[1] rapporte que, sous le proconsulat de Septimius Acindynus, en l'an 340 de notre salut, un pauvre homme, ne pouvant payer à César ce qui appartenait à César, fut condamné à la mort, comme il est juste, malgré la maxime : *Où il n'y a rien le roi perd ses droits*. Il s'agissait d'une livre d'or ; le condamné avait une femme en qui Dieu avait mis la beauté et la prudence. Un vieux richard promit de donner une livre d'or, et même plus, à la dame, à condition qu'il commettrait avec elle le péché immonde. La dame ne crut point mal faire en sauvant la vie à son mari. Saint Augustin approuve fort sa généreuse résignation. Il est vrai que le vieux richard la trompa, et peut-etre même son mari n'en fut pas moins pendu ; mais elle avait fait tout ce qui était en elle pour sauver sa vie.

« Soyez sûre, ma fille, que, quand un jésuite vous cite saint Augustin, il faut bien que ce saint ait pleinement raison. Je ne vous conseille rien ; vous êtes sage ; il est à présumer que vous serez utile à votre mari. Mgr de Saint-Pouange est un honnête homme, il ne vous trompera pas ; c'est tout ce que je puis vous dire ; je prierai Dieu pour vous, et j'espère que tout se passera à sa plus grande gloire. »

La belle Saint-Yves, non moins effrayée des discours du jésuite que des propositions du sous-

1. Bayle, dans son dictionnaire, à l'article « Acyndinus », fait ce récit d'après saint Augustin. Voltaire, on l'a vu, l'a déjà exploité dans *Cosi-Sancta*, p. 405 et suiv. Il y revient dans l'article « Adultère » du *Dictionnaire philosophique*.

ministre, s'en retourna éperdue chez son amie. Elle était tentée de se délivrer par la mort de l'horreur de laisser dans une captivité affreuse l'amant qu'elle adorait, et de la honte de le délivrer au prix de ce qu'elle avait de plus cher, et qui ne devait appartenir qu'à cet amant infortuné.

CHAPITRE DIX-SEPTIÈME

Elle succombe par vertu

Elle priait son amie de la tuer; mais cette femme, non moins indulgente que le jésuite, lui parla plus clairement encore. « Hélas ! dit-elle, les affaires ne se font guère autrement dans cette cour si aimable, si galante et si renommée. Les places les plus médiocres et les plus considérables n'ont souvent été données qu'au prix qu'on exige de vous. Écoutez, vous m'avez inspiré de l'amitié et de la confiance; je vous avouerai que, si j'avais été aussi difficile que vous l'êtes, mon mari ne jouirait pas du petit poste qui le fait vivre; il le sait, et loin d'en être fâché, il voit en moi sa bienfaitrice, et il se regarde comme ma créature. Pensez-vous que tous ceux qui ont été à la tête des provinces, ou même des armées, aient dû leurs honneurs et leur fortune à leurs seuls services ? Il en est qui en sont redevables à mesdames leurs femmes. Les dignités de la guerre ont été sollicitées par l'amour; et la place a été donnée au mari de la plus belle.

« Vous êtes dans une situation bien plus intéressante : il s'agit de rendre votre amant au jour et de l'épouser ; c'est un devoir sacré qu'il vous faut remplir. On n'a point blâmé les belles et les grandes dames dont je vous parle ; on vous applaudira, on dira que vous ne vous êtes permis une faiblesse que par un excès de vertu. — Ah ! quelle vertu ! s'écria la belle Saint-Yves ; quel labyrinthe d'iniquités ! quel pays ! et que j'apprends à connaître les hommes ! Un père de La Chaise et un bailli ridicule font mettre mon amant en prison ; ma famille me persécute ; on ne me tend la main dans mon désastre que pour me déshonorer. Un jésuite a perdu un brave homme, un autre jésuite veut me perdre ; je ne suis entourée que de pièges, et je touche au moment de tomber dans la misère ! Il faut que je me tue ou que je parle au roi ; je me jetterai à ses pieds sur son passage, quand il ira à la messe ou à la comédie.

— On ne vous laissera pas approcher, lui dit sa bonne amie ; et, si vous aviez le malheur de parler, mons de Louvois et le révérend père de La Chaise pourraient vous enterrer dans le fond d'un couvent pour le reste de vos jours. »

Tandis que cette brave personne augmentait ainsi les perplexités de cette âme désespérée et enfonçait le poignard dans son cœur, arrive un exprès de M. de Saint-Pouange avec une lettre et deux beaux pendants d'oreilles. Saint-Yves rejeta le tout en pleurant, mais l'amie s'en chargea.

Dès que le messager fut parti, notre confidente lit la lettre dans laquelle on propose un petit souper aux deux amies pour le soir. Saint-Yves jure qu'elle n'ira point. La dévote veut lui essayer les deux boucles de diamants ; Saint-Yves ne le put souffrir, elle combattit la journée entière. Enfin, n'ayant en vue que son amant, vaincue, entraînée, ne sachant où on la mène, elle se laisse conduire au souper fatal. Rien n'avait pu la déterminer à se parer de ses pendants d'oreilles ; la confidente les apporta, elle les lui ajusta malgré elle avant qu'on se mît à table. Saint-Yves était si confuse, si troublée, qu'elle se laissait tourmenter ; et le patron en tirait un augure très favorable. Vers la fin du repas, la confidente se retira discrètement. Le patron montra alors la révocation de la lettre de cachet, le brevet d'une gratification considérable, celui d'une compagnie, et n'épargna pas les promesses. « Ah ! lui dit Saint-Yves, que je vous aimerais si vous ne vouliez pas être tant aimé ! »

Enfin, après une longue résistance, après des sanglots, des cris, des larmes, affaiblie du combat, éperdue, languissante, il fallut se rendre. Elle n'eut d'autre ressource que de se promettre de ne penser qu'à l'Ingénu tandis que le cruel jouirait impitoyablement de la nécessité où elle était réduite.

CHAPITRE DIX-HUITIÈME

Elle délivre son amant et un janséniste

Au point du jour, elle vole à Paris, munie de l'ordre du ministre. Il est difficile de peindre ce qui se passait dans son cœur pendant ce voyage. Qu'on imagine une âme vertueuse et noble, humiliée de son opprobre, enivrée de tendresse, déchirée des remords d'avoir trahi son amant, pénétrée du plaisir de délivrer ce qu'elle adore. Ses amertumes, ses combats, son succès, partageaient toutes ses réflexions. Ce n'était plus cette fille simple dont une éducation provinciale avait rétréci les idées. L'amour et le malheur l'avaient formée. Le sentiment avait fait autant de progrès en elle que la raison en avait fait dans l'esprit de son amant infortuné. Les filles apprennent à sentir plus aisément que les hommes n'apprennent à penser. Son aventure était plus instructive que quatre ans de couvent.

Son habit était d'une simplicité extrême. Elle voyait avec horreur les ajustements sous lesquels elle avait paru devant son funeste bienfaiteur ; elle avait laissé ses boucles de diamants à sa compagne sans même les regarder. Confuse et charmée, idolâtre de l'Ingénu et se haïssant elle-même, elle arrive enfin à la porte.

De cet affreux château, palais de la vengeance,
Qui renferma souvent le crime et l'innocence[1].

Quand il fallut descendre du carrosse, les forces lui manquèrent ; on l'aida ; elle entra, le cœur palpitant, les yeux humides, le front consterné. On la présente au gouverneur ; elle veut lui parler, sa voix expire ; elle montre son ordre en articulant à peine quelques paroles. Le gouverneur aimait son prisonnier ; il fut très aise de sa délivrance. Son cœur n'était pas endurci

1. La citation vient de *La Henriade*, chant IV, vers 456 (texte de l'édition originale de 1723).

comme celui de quelques honorables geôliers ses confrères, qui, ne pensant qu'à la rétribution attachée à la garde de leurs captifs, fondant leurs revenus sur leurs victimes, et vivant du malheur d'autrui, se faisaient en secret une joie affreuse des larmes des infortunés.

Il fait venir le prisonnier dans son appartement. Les deux amants se voient, et tous deux s'évanouissent. La belle Saint-Yves resta longtemps sans mouvement et sans vie : l'autre rappela bientôt son courage. « C'est apparemment là madame votre femme, lui dit le gouverneur ; vous ne m'aviez point dit que vous fussiez marié. On me mande que c'est à ses soins généreux que vous devez votre délivrance. — Ah ! je ne suis pas digne d'être sa femme », dit la belle Saint-Yves d'une voix tremblante, et elle retomba encore en faiblesse.

Quand elle eut repris ses sens, elle présenta, toujours tremblante, le brevet de la gratification et la promesse par écrit d'une compagnie. L'Ingénu, aussi étonné qu'attendri, s'éveillait d'un songe pour retomber dans un autre. Pourquoi ai-je été enfermé ici ? comment avez-vous pu m'en tirer ? où sont les monstres qui m'y ont plongé ? Vous êtes une divinité qui descendez du ciel à mon secours. »

La belle Saint-Yves baissait la vue, regardait son amant, rougissait, et détournait, le moment d'après, ses yeux mouillés de pleurs. Elle lui apprit enfin tout ce qu'elle savait et tout ce qu'elle avait éprouvé, excepté ce qu'elle aurait voulu se cacher pour jamais, et ce qu'un autre que l'Ingénu, plus accoutumé au monde et plus instruit des usages de la cour, aurait deviné facilement.

« Est-il possible qu'un misérable comme ce bailli ait eu le pouvoir de me ravir ma liberté ? Ah ! je vois bien qu'il en est des hommes comme des plus vils animaux ; tous peuvent nuire. Mais est-il possible qu'un moine, un jésuite confesseur du roi, ait contribué à mon infortune autant que ce bailli, sans que je puisse imaginer sous quel prétexte ce détestable fripon m'a persécuté ? M'a-t-il fait passer pour un janséniste ? Enfin, comment vous êtes-vous souvenue de moi ? Je ne le méritais pas, je n'étais alors qu'un sauvage. Quoi ! vous avez pu, sans conseil, sans secours, entreprendre le voyage de Versailles ! Vous y avez paru, et on a brisé mes fers ! Il est donc dans la beauté et dans la vertu un charme invincible qui fait tomber les portes de fer et qui amollit les cœurs de bronze ! »

À ce mot de *vertu*, des sanglots échappèrent à la belle Saint-Yves. Elle ne savait pas combien elle était vertueuse dans le crime qu'elle se reprochait.

Son amant continua ainsi : « Ange qui avez rompu mes liens, si vous avez eu (ce que je ne comprends pas encore) assez de crédit pour me faire rendre justice, faites-la donc rendre aussi à un vieillard qui m'a le premier appris à penser, comme vous m'avez appris à aimer. La calamité nous a unis ; je l'aime comme un père, je ne peux vivre ni sans vous ni sans lui.

— Moi ! que je sollicite le même homme qui… !

— Oui, je veux tout vous devoir, et je ne veux devoir jamais rien qu'à vous : écrivez à cet homme puissant, comblez-moi de vos bienfaits, achevez ce que vous avez commencé, achevez vos prodiges. » Elle sentait qu'elle devait faire tout ce que son amant exigeait. Elle voulut écrire, sa main ne pouvait obéir. Elle recommença trois fois sa lettre, la déchira trois fois ; elle écrivit enfin, et les deux amants sortirent après avoir embrassé le vieux martyr de la grâce efficace.

L'heureuse et désolée Saint-Yves savait dans quelle maison logeait son frère ; elle y alla ; son amant pris un appartement dans la même maison.

À peine y furent-ils arrivés que son protecteur lui envoya l'ordre de l'élargissement du bonhomme Gordon, et lui demanda un rendez-vous pour le lendemain. Ainsi, à chaque action honnête et généreuse qu'elle faisait, son déshonneur en était le prix. Elle regardait avec exécration cet usage de vendre le malheur et le bonheur des hommes. Elle donna l'ordre de l'élargissement à son amant, et refusa le rendez-vous d'un bienfaiteur qu'elle ne pouvait plus voir sans expirer de douleur et de honte. L'Ingénu ne pouvait se séparer d'elle que pour aller délivrer un ami. Il y vola. Il remplit ce devoir en réfléchissant sur les étranges événements de ce monde, et en admirant la vertu courageuse d'une jeune fille à qui deux infortunés devaient plus que la vie.

CHAPITRE DIX-NEUVIÈME

L'Ingénu, la belle Saint-Yves et leurs parents sont rassemblés

La généreuse et respectable infidèle était avec son frère l'abbé de Saint-Yves, le bon prieur de la Montagne et la dame de Kerkabon. Tous étaient également étonnés, mais leurs situations et leurs sentiments étaient bien différents. L'abbé de Saint-Yves pleurait ses torts aux pieds de sa sœur, qui lui pardonnait. Le prieur et sa tendre sœur pleuraient aussi, mais de joie. Le vilain bailli et son insupportable fils ne troublaient point cette scène touchante : ils étaient partis au premier bruit de l'élargissement de leur ennemi ; ils couraient ensevelir dans leur province leur sottise et leur crainte.

Les quatre personnages, agités de cent mouvements divers, attendaient que le jeune homme revînt avec l'ami qu'il devait délivrer. L'abbé de Saint-Yves n'osait lever les yeux devant sa sœur ; la bonne Kerkabon disait : « Je reverrai donc mon cher neveu. — Vous le reverrez, dit la charmante Saint-Yves, mais ce n'est plus le même homme, son maintien, son ton, ses idées, son esprit, tout est changé ; il est devenu aussi respectable qu'il était naïf et étranger à tout. Il sera l'honneur et la consolation de votre famille ; que ne puis-je être aussi l'honneur de la mienne ! — Vous n'êtes point non plus la même, dit le prieur, que vous est-il donc arrivé qui ait fait en vous un si grand changement ? »

Au milieu de cette conversation, l'Ingénu arrive, tenant par la main son janséniste. La scène alors devint plus neuve et plus intéressante. Elle commença par les tendres embrassements de l'oncle et de la tante. L'abbé de Saint-Yves se mettait presque aux genoux de l'Ingénu, qui n'était plus l'*ingénu*. Les deux amants se parlaient par des regards qui exprimaient tous les sentiments dont ils étaient pénétrés. On voyait éclater la satisfaction la reconnaissance sur le front de l'un ;

l'embarras était peint dans les yeux tendres et un peu égarés de l'autre. On était étonné qu'elle mêlât de la douleur à tant de joie.

Le vieux Gordon devint en peu de moments cher à toute la famille. Il avait été malheureux avec le jeune prisonnier, et c'était un grand titre. Il devait sa délivrance aux deux amants, cela seul le réconciliait avec l'amour; l'âpreté de ses anciennes opinions sortait de son cœur; il était changé en homme, ainsi que le Huron. Chacun raconta ses aventures avant le souper. Les deux abbés, la tante, écoutaient comme des enfants qui entendent des histoires de revenants, et comme des hommes qui s'intéressaient tous à tant de désastres. «Hélas! dit Gordon, il y a peut-être plus de cinq cents personnes vertueuses qui sont à présent dans les mêmes fers que Mlle de Saint-Yves a brisés: leurs malheurs sont inconnus. On trouve assez de mains qui frappent sur la foule des malheureux, et rarement une secourable.» Cette réflexion si vraie augmentait sa sensibilité et sa reconnaissance; tout redoublait le triomphe de la belle Saint-Yves; on admirait la grandeur et la fermeté de son âme. L'admiration était mêlée de ce respect qu'on sent malgré soi pour une personne qu'on croit avoir du crédit à la cour. Mais l'abbé de Saint-Yves disait quelquefois: «Comment ma sœur a-t-elle pu faire pour obtenir sitôt ce crédit?»

On allait se mettre à table de très bonne heure. Voilà que la bonne amie de Versailles arrive sans rien savoir de tout ce qui s'était passé; elle était en carrosse à six chevaux, et on voit bien à qui appartenait l'équipage. Elle entre avec l'air imposant d'une personne de cour qui a de grandes affaires, salue très légèrement la compagnie, et, tirant la belle Saint-Yves à l'écart : « Pourquoi vous faire tant attendre ? Suivez-moi ; voilà vos diamants que vous aviez oubliés. » Elle ne put dire ces paroles si bas que l'Ingénu ne les entendît ; il vit les diamants ; le frère fut interdit ; l'oncle et la tante n'éprouvèrent qu'une surprise de bonnes gens qui n'avaient jamais vu une telle magnificence. Le jeune homme, qui s'était formé par un an de réflexions, en fit malgré lui et parut troublé un moment. Son amante s'en aperçut ; une pâleur mortelle se répandit sur son beau visage, un frisson la saisit, elle se soutenait à peine… « Ah ! madame, dit-elle à la fatale amie, vous m'avez perdue ! vous me donnez la mort ! » Ces paroles percèrent le cœur de l'Ingénu ; mais il avait déjà appris à se posséder ; il ne les releva point, de peur d'inquiéter sa maîtresse devant son frère ; mais il pâlit comme elle.

Saint-Yves, éperdue de l'altération qu'elle apercevait sur le visage de son amant, entraîne cette femme hors de la chambre dans un petit passage, jette les diamants à terre devant elle. « Ah ! ce ne sont pas eux qui m'ont séduite, vous le savez ; mais celui qui les a donnés ne me reverra jamais. » L'amie les ramassait, et Saint-Yves ajoutait : « Qu'il les reprenne ou qu'il vous les donne ; allez, ne me rendez plus honteuse de moi-même. » L'ambassadrice enfin s'en retourna, ne pouvant comprendre les remords dont elle était témoin.

La belle Saint-Yves, oppressée, éprouvant dans son corps une révolution qui la suffoquait, fut obligée de se mettre au lit ; mais pour n'alarmer personne elle ne parla point de ce qu'elle souffrait, et, ne prétextant que sa lassitude, elle demanda la permission de prendre du repos ; mais ce fut après avoir rassuré la compagnie par des paroles consolantes et flatteuses, et jeté sur son amant des regards qui portaient le feu dans son âme.

Le souper, qu'elle n'animait pas, fut triste dans le commencement, mais de cette tristesse intéressante qui fournit des conversations attachantes et utiles, si supérieures à la frivole joie qu'on recherche, et qui n'est d'ordinaire qu'un bruit importun.

Gordon fit en peu de mots l'histoire du jansénisme et du molinisme, des persécutions dont un parti accablait l'autre, et de l'opiniâtreté de tous les deux. L'Ingénu en fit la critique, et plaignit les hommes qui, non contents de tant de discorde que leurs intérêts allument, se font de nouveaux maux pour des intérêts chimériques, et pour des absurdités inintelligibles. Gordon racontait, l'autre jugeait ; les convives écoutaient avec émotion et s'éclairaient d'une lumière nouvelle. On parla de la longueur de nos infortunes et de la brièveté de la vie. On remarqua que chaque profession a un vice et un danger qui lui sont attachés, et que, depuis le prince jusqu'au dernier des mendiants, tout semble accuser la nature. Comment se trouve-t-il tant d'hommes qui, pour si peu d'argent, se font les persécuteurs, les satellites, les bourreaux des autres hommes ? Avec quelle indifférence inhumaine un homme en place signe la destruction d'une famille, et avec quelle joie plus barbare des mercenaires l'exécutent !

« J'ai vu dans ma jeunesse, dit le bonhomme Gor

don, un parent du maréchal de Marillac[1], qui, étant poursuivi dans sa province pour la cause de cet illustre malheureux, se cachait dans Paris sous un nom supposé. C'était un vieillard de soixante et douze ans. Sa femme, qui l'accompagnait, était à peu près de son âge. Ils avaient eu un fils libertin qui, à l'âge de quatorze ans, s'était enfui de la maison paternelle ; devenu soldat, puis déserteur, il avait passé par tous les degrés de la débauche et de la misère ; enfin, ayant pris un nom de terre, il était dans les gardes du cardinal de Richelieu (car ce prêtre, ainsi que Mazarin, avait des gardes) ; il avait obtenu un bâton d'exempt dans cette compagnie de satellites. Cet aventurier fut chargé d'arrêter le vieillard et son épouse, et s'en acquitta avec toute la dureté d'un homme qui voulait plaire à son maître. Comme il les conduisait, il entendit ces deux victimes déplorer la longue suite des malheurs qu'elles avaient éprouvés depuis leur berceau. Le père et la mère comptaient parmi leurs plus grandes infortunes les égarements et la perte de leur fils. Il les reconnut ; il ne les conduisit pas moins en prison, en les assurant que Son Éminence devait être servie de préférence à tout. Son Éminence récompensa son zèle.

« J'ai vu un espion du père de La Chaise trahir son propre frère, dans l'espérance d'un petit bénéfice qu'il n'eut point ; et je l'ai vu mourir, non de remords, mais de douleur d'avoir été trompé par le jésuite.

« L'emploi de confesseur, que j'ai longtemps exercé,

1. Le maréchal de Marillac (1573-1632), adversaire de Richelieu, fut décapité après la journée des Dupes.

m'a fait connaître l'intérieur des familles ; je n'en ai guère vu qui ne fussent plongées dans l'amertume, tandis qu'au-dehors couvertes du masque du bonheur elles paraissaient nager dans la joie, et j'ai toujours remarqué que les grands chagrins étaient le fruit de notre cupidité effrénée.

— Pour moi, dit l'Ingénu, je pense qu'une âme noble, reconnaissante et sensible peut vivre heureuse ; et je compte bien jouir d'une félicité sans mélange avec la belle et généreuse Saint-Yves. Car je me flatte, ajouta-t-il, en s'adressant à son frère avec le sourire de l'amitié, que vous ne me refuserez pas, comme l'année passée, et que je m'y prendrai d'une manière plus décente. » L'abbé se confondit en excuses du passé et en protestations d'un attachement éternel.

L'oncle Kerkabon dit que ce serait le plus beau jour de sa vie. La bonne tante, en s'extasiant et en pleurant de joie, s'écriait : « Je vous l'avais bien dit que vous ne seriez jamais sous-diacre ; ce sacrement-ci vaut mieux que l'autre ; plût à Dieu que j'en eusse été honorée ! mais je vous servirai de mère. » Alors ce fut à qui renchérirait sur les louanges de la tendre Saint Yves.

Son amant avait le cœur trop plein de ce qu'elle avait fait pour lui, il l'aimait trop pour que l'aventure des diamants eût fait sur son cœur une impression dominante. Mais ces mots qu'il avait trop entendus : *vous me donnez la mort*, l'effrayaient encore en secret et corrompaient toute sa joie, tandis que les éloges de sa belle maîtresse augmentaient encore son amour. Enfin on n'était plus occupé que d'elle ; on ne parlait que du bonheur que ces deux amants méritaient ; on s'arrangeait pour vivre tous ensemble dans Paris, on faisait des projets de fortune et d'agrandissement, on se livrait à toutes ces espérance que la moindre lueur de félicité fait naître si aisément. Mais l'Ingénu, dans le fond de son cœur, éprouvait un sentiment secret qui repoussait cette illusion. Il relisait ces promesses signées Saint-Pouange, et les brevets signés Louvois ; on lui dépeignit ces deux hommes tels qu'ils étaient, ou qu'on les croyait être. Chacun parla des ministres et du ministère avec cette liberté de table regardée en France comme la plus précieuse liberté qu'on puisse goûter sur la terre.

« Si j'étais roi de France, dit l'Ingénu, voici le ministre de la guerre que je choisirais[1] : je voudrais un homme de la plus haute naissance, par la raison qu'il donne des ordres à la noblesse. J'exigerais qu'il eût été lui-même officier, qu'il eût passé par tous les grades, qu'il fût au moins lieutenant général des armées, et digne d'être maréchal de France ; car n'est-il pas nécessaire qu'il ait servi lui-même pour mieux connaître les détails du service ? et les officiers n'obéiront-ils pas avec cent fois plus d'allégresse à un homme de guerre qui aura comme eux signalé son courage, qu'à un homme de cabinet qui ne peut que deviner tout au plus les opérations d'une campagne, quelque esprit qu'il puisse avoir ? Je ne serais pas fâché que mon ministre fût généreux, quoique mon garde du trésor royal en fût quelquefois un peu embar-

1. Voltaire fait ici un portrait idéalisé de Choiseul pour se ménager sa faveur, en même temps pour esquisser le portrait du ministre de la Guerre idéal.

rassé. J'aimerais qu'il eût un travail facile, et que même il se distinguât par cette gaieté d'esprit, partage d'un homme supérieur aux affaires, qui plaît tant à la nation et qui rend tous les devoirs moins pénibles. » Il désirait qu'un ministre eût ce caractère parce qu'il avait toujours remarqué que cette belle humeur est incompatible avec la cruauté.

Mons de Louvois n'aurait peut-être pas été satisfait des souhaits de l'Ingénu : il avait une autre sorte de mérite.

Mais, pendant qu'on était à table, la maladie de cette fille malheureuse prenait un caractère funeste ; son sang s'était allumé, une fièvre dévorante s'était déclarée, elle souffrait, et ne se plaignait point, attentive à ne pas troubler la joie des convives.

Son frère, sachant qu'elle ne dormait pas, alla au chevet de son lit ; il fut surpris de l'état où elle était. Tout le monde accourut ; l'amant se présentait à la suite du frère. Il était sans doute le plus alarmé et le plus attendri de tous ; mais il avait appris à joindre la discrétion à tous les dons heureux que la nature lui avait prodigués, et le sentiment prompt des bienséances commençait à dominer dans lui.

On fit venir aussitôt un médecin du voisinage. C'était un de ceux qui visitent leurs malades en courant, qui confondent la maladie qu'ils viennent de voir avec celle qu'ils voient, qui mettent une pratique aveugle dans une science à laquelle toute la maturité d'un discernement sain et réfléchi ne peut ôter son incertitude et ses dangers. Il redoubla le mal par sa précipitation à prescrire un remède alors à la mode. De la mode jusque dans la médecine ! Cette manie était trop commune dans Paris.

La triste Saint-Yves contribuait encore plus que son médecin à rendre sa maladie dangereuse. Son âme tuait son corps. La foule des pensées qui l'agitaient portait dans ses veines un poison plus dangereux que celui de la fièvre la plus brûlante.

CHAPITRE VINGTIÈME

La belle Saint-Yves meurt, et ce qui en arrive

On appela un autre médecin : celui-ci, au lieu d'aider la nature et de la laisser agir dans une jeune personne dans qui tous les organes rappelaient la vie, ne fut occupé que de contrecarrer son confrère. La maladie devint mortelle en deux jours. Le cerveau, qu'on croit le siège de l'entendement, fut attaqué aussi violemment que le cœur, qui est, dit-on, le siège des passions.

Quelle mécanique incompréhensible a soumis les organes au sentiment et à la pensée ? comment une seule idée douloureuse dérange-t-elle le cours du sang, et comment le sang à son tour porte-t-il ses irrégularités dans l'entendement humain ? quel est ce fluide inconnu et dont l'existence est certaine, qui, plus prompt, plus actif que la lumière, vole en moins d'un clin d'œil dans tous les canaux de la vie, produit les sensations, la mémoire, la tristesse ou la joie, la raison ou le vertige, rappelle avec horreur ce qu'on voudrait oublier, et fait d'un animal pensant ou un objet d'admiration, ou un sujet de pitié et de larmes?

C'était là ce que disait le bon Gordon; et cette réflexion si naturelle, que rarement font les hommes, ne dérobait rien à son attendrissement; car il n'était pas de ces malheureux philosophes qui s'efforcent d'être insensibles. Il était touché du sort de cette jeune fille, comme un père qui voit mourir lentement son enfant chéri. L'abbé de Saint-Yves était désespéré, le prieur et sa sœur répandaient des ruisseaux de larmes. Mais qui pourrait peindre l'état de son amant? Nulle langue n'a des expressions qui répondent à ce comble des douleurs; les langues sont trop imparfaites.

La tante, presque sans vie, tenait la tête de la mourante dans ses faibles bras, son frère était à genoux au pied du lit. Son amant pressait sa main, qu'il baignait de pleurs, et éclatait en sanglots; il la nommait sa bienfaitrice, son espérance, sa vie, la moitié de lui-même, sa maîtresse, son épouse. À ce mot d'*épouse*, elle soupira, le regarda avec une tendresse inexprimable, et soudain jeta un cri d'horreur; puis, dans un de ces intervalles où l'accablement et l'oppression des sens, et les souffrances suspendues, laissent à l'âme sa liberté et sa force, elle s'écria: «Moi, votre épouse! Ah! cher amant, ce nom, ce bonheur, ce prix, n'étaient plus faits pour moi; je meurs, et je le mérite. Ô dieu de mon cœur! ô vous que j'ai sacrifié à des démons infernaux, c'en est fait, je suis punie, vivez heureux.» Ces paroles tendres et terribles ne pouvaient être comprises; mais elles portaient dans tous les cœurs l'effroi et l'attendrissement; elle eut le courage de s'expliquer. Chaque mot fit frémir d'étonnement, de douleur et de pitié tous les assistants. Tous se réunissaient à détester l'homme puisant qui n'avait réparé une horrible injustice que par un crime, et qui avait forcé la plus respectable innocence à être sa complice.

« Qui ? vous, coupable ! lui dit son amant ; non, vous ne l'êtes pas ; le crime ne peut être que dans le cœur, le vôtre est à la vertu et à moi. »

Il confirmait ce sentiment par des paroles qui semblaient ramener à la vie la belle Saint-Yves. Elle se sentit consolée, et s'étonnait d'être aimée encore. Le vieux Gordon l'aurait condamnée dans le temps qu'il n'était que janséniste ; mais étant devenu sage, il l'estimait et il pleurait.

Au milieu de tant de larmes et de craintes, pendant que le danger de cette fille si chère remplissait tous les cœurs, que tout était consterné, on annonce un courrier de la cour. Un courrier ! et de qui ? et pourquoi ? C'était de la part du confesseur du roi pour le prieur de la Montagne ; ce n'était pas le père de La Chaise qui écrivait, c'était le frère Vadbled[1], son valet de chambre, homme très important dans ce temps-là, lui qui mandait aux archevêques les volontés du révérend père, lui qui donnait audience, lui qui promettait des bénéfices, lui qui faisait quelquefois expédier des lettres de cachet. Il écrivait à l'abbé de la Montagne *que Sa Révérence était informée des aventures de son neveu, que sa prison n'était qu'une méprise, que ces petites disgrâces arrivaient fréquemment, qu'il ne fallait pas y faire attention, et qu'enfin il convenait que*

1. Cette orthographe phonétique recouvre le nom de Vatebled, qui fut celui d'un frère jésuite de l'entourage du père de La Chaise.

lui prieur vînt lui présenter son neveu le lendemain, qu'il devait amener avec lui le bonhomme Gordon, que lui frère Vadbled les introduirait chez Sa Révérence et chez mons de Louvois, lequel leur dirait un mot dans son antichambre.

Il ajoutait que l'histoire de l'Ingénu et son combat contre les Anglais avaient été contés au roi, que sûrement le roi daignerait le remarquer quand il passerait dans la galerie, et peut-être même lui ferait un signe de tête. La lettre finissait par l'espérance dont on le flattait que toutes les dames de la cour s'empresseraient de faire venir son neveu à leurs toilettes, que plusieurs d'entre elles lui diraient : « Bonjour, monsieur l'Ingénu » ; et qu'assurément il serait question de lui au souper du roi. La lettre était signée : *Votre affectionné Vadbled, frère jésuite.*

Le prieur ayant lu la lettre tout haut, son neveu, furieux, et commandant un moment à sa colère, ne dit rien au porteur ; mais, se tournant vers le compagnon de ses infortunes, il lui demanda ce qu'il pensait de ce style. Gordon lui répondit : « C'est donc ainsi qu'on traite les hommes comme des singes ! On les bat et on les fait danser. » L'Ingénu, reprenant son caractère, qui revient toujours dans les grands mouvements de l'âme, déchira la lettre par morceaux et les jeta au nez du courrier : « Voilà ma réponse. » Son oncle, épouvanté, crut voir le tonnerre et vingt lettres de cachet tomber sur lui. Il alla vite écrire et excuser, comme il put, ce qu'il prenait pour l'emportement d'un jeune homme, et qui était la saillie d'une grande âme.

Mais des soins plus douloureux s'emparaient de tous les cœurs. La belle et infortunée Saint-Yves sentait déjà sa fin approcher ; elle était dans le calme, mais dans ce calme affreux de la nature affaissée qui n'a plus la force de combattre. « Ô mon cher amant ! dit-elle d'une voix tombante, la mort me punit de ma faiblesse ; mais j'expire avec la consolation de vous savoir libre. Je vous ai adoré en vous trahissant, et je vous adore en vous disant un éternel adieu. »

Elle ne se parait pas d'une vaine fermeté ; elle ne concevait pas cette misérable gloire de faire dire à quelques voisins : « Elle est morte avec courage. » Qui peut perdre à vingt ans son amant, sa vie, et ce qu'on appelle l'*honneur*, sans regrets et sans déchirements ? Elle sentait toute l'horreur de son état, et le faisait sentir par ces mots et par ces regards mourants qui parlent avec tant d'empire. Enfin elle pleurait comme les autres dans les moments où elle eut la force de pleurer.

Que d'autres cherchent à louer les morts fastueuses de ceux qui entrent dans la destruction avec insensibilité : c'est le sort de tous les animaux. Nous ne mourons comme eux avec indifférence que quand l'âge ou la maladie nous rend semblables à eux par la stupidité de nos organes. Quiconque fait une grande perte a de grands regrets ; s'il les étouffe, c'est qu'il porte la vanité jusque dans les bras de la mort.

Lorsque le moment fatal fut arrivé, tous les assistants jetèrent des larmes et des cris. L'Ingénu perdit l'usage de ses sens. Les âmes fortes ont des sentiments bien plus violents que les autres quand elles sont tendres. Le bon Gordon le connaissait assez pour craindre qu'étant revenu à lui il ne se donnât la mort. On écarta toutes les armes ; le malheureux jeune homme s'en aperçut ; il dit à ses parents et à Gordon, sans pleurer, sans gémir, sans s'émouvoir : « Pensez-vous donc qu'il y ait quelqu'un sur la terre qui ait le droit et le pouvoir de m'empêcher de finir ma vie ? » Gordon se garda bien de lui étaler ces lieux communs fastidieux par lesquels on essaie de prouver qu'il n'est pas permis d'user de sa liberté pour cesser d'être quand on est horriblement mal[1], qu'il ne faut pas sortir de sa maison quand on ne peut plus y demeurer, que l'homme est sur la terre comme un soldat à son poste : comme s'il importait à l'Être des êtres que l'assemblage de quelques parties de matière fût dans un lieu ou dans un autre ; raisons impuissantes qu'un désespoir ferme et réfléchi dédaigne d'écouter, et auxquelles Caton ne répondit que par un coup de poignard.

Le morne et terrible silence de l'Ingénu, ses yeux sombres, ses lèvres tremblantes, les frémissements de son corps, portaient dans l'âme de tous ceux qui le regardaient ce mélange de compassion et d'effroi qui enchaîne toutes les puissances de l'âme, qui exclut tout discours, et qui ne se manifeste que par des mots entrecoupés. L'hôtesse et sa famille étaient accourues ; on tremblait de son désespoir, on le gardait à vue, on observait tous ses mouvements. Déjà le corps glacé de la belle Saint-Yves avait été porté dans une salle basse, loin des yeux de son amant, qui semblait la chercher encore, quoiqu'il ne fût plus en état de rien voir.

1. Le thème du suicide, cher à Voltaire, et qu'on trouve dans *Candide*, est traité au fond par lui à plusieurs reprises, notamment dans l'article « Caton » et dans l'article « Suicide » du *Dictionnaire philosophique*.

Au milieu de ce spectacle de la mort, tandis que le corps est exposé à la porte de la maison, que deux prêtres à côté d'un bénitier récitent des prières d'un air distrait, que des passants jettent quelques gouttes d'eau bénite sur la bière par oisiveté, que d'autres poursuivent leur chemin avec indifférence, que les parents pleurent et qu'un amant est prêt de s'arracher la vie, le Saint-Pouange arrive avec l'amie de Versailles.

Son goût passager, n'ayant été satisfait qu'une fois, était devenu de l'amour. Le refus de ses bienfaits l'avait piqué. Le père de La Chaise n'aurait jamais pensé à venir dans cette maison ; mais Saint-Pouange, ayant tous les jours devant les yeux l'image de la belle Saint-Yves, brûlant d'assouvir une passion qui par une seule jouissance avait enfoncé dans son cœur l'aiguillon des désirs, ne balança pas à venir lui-même chercher celle qu'il n'aurait pas peut-être voulu revoir trois fois si elle était venue d'elle-même.

Il descend de carrosse ; le premier objet qui se présente à lui est une bière ; il détourne les yeux avec ce simple dégoût d'un homme nourri dans les plaisirs, qui pense qu'on doit lui épargner tout spectacle qui pourrait le ramener à la contemplation de la misère humaine. Il veut monter. La femme de Versailles demande par curiosité qui on va enterrer ; on prononce le nom de Mlle de Saint-Yves. À ce nom, elle pâlit et poussa un cri affreux ; Saint-Pouange se retourne ; la surprise et la douleur saisissent son âme. Le bon Gordon était là, les yeux remplis de larmes. Il interrompt ses tristes prières pour apprendre à l'homme de cour toute cette horrible catastrophe. Il lui parle avec cet empire que donnent la douleur et la vertu. Saint-Pouange n'était point né méchant ; le torrent des affaires et des amusements avait emporté son âme, qui ne se connaissait pas encore. Il ne touchait point à la vieillesse, qui endurcit d'ordinaire le cœur des ministres ; il écoutait Gordon les yeux baissés, et il en essuyait quelques pleurs qu'il était étonné de répandre : il connut le repentir.

« Je veux voir absolument, dit-il, cet homme extraordinaire dont vous m'avez parlé ; il m'attendrit presque autant que cette innocente victime dont j'ai causé la mort. » Gordon le suit jusqu'à la chambre où le prieur, la Kerkabon, l'abbé de Saint-Yves et quelques voisins rappelaient à la vie le jeune homme retombé en défaillance.

« J'ai fait votre malheur, lui dit le sous-ministre ; j'emploierai ma vie à le réparer. » La première idée qui vint à l'Ingénu fut de le tuer et de se tuer lui-même après. Rien n'était plus à sa place ; mais il était sans armes et veillé de près. Saint-Pouange ne se rebuta point des refus accompagnés du reproche, du mépris et de l'horreur qu'il avait mérités, et qu'on lui prodigua. Le temps adoucit tout. Mons de Louvois vint enfin à bout de faire un excellent officier de l'Ingénu, qui a paru sous un autre nom à Paris et dans les armées, avec l'approbation de tous les honnêtes gens, et qui a été à la fois un guerrier et un philosophe intrépide.

Il ne parlait jamais de cette aventure sans gémir ; et cependant sa consolation était d'en parler. Il chérit la mémoire de la tendre Saint-Yves jusqu'au dernier moment de sa vie. L'abbé de Saint-Yves et le prieur eurent chacun un bon bénéfice ; la bonne Kerkabon aima mieux voir son neveu dans les honneurs militaires que dans le sous-diaconat. La dévote de Versailles garda les boucles de diamants, et reçut encore un beau présent. Le père Tout-à-tous eut des boîtes de chocolat, de café, de sucre candi, de citrons confits, avec les *Méditations du révérend père Croiset* et *La Fleur des saints* reliées en maroquin[1]. Le bon Gordon vécut avec l'Ingénu jusqu'à sa mort dans la plus intime amitié; il eut un bénéfice aussi, et oublia pour jamais la grâce efficace et le concours concomitant[2]. Il prit pour sa devise: *malheur est bon à quelque chose.* Combien d'honnêtes gens dans le monde ont pu dire: *malheur n'est bon à rien!*

1. Les *Méditations ou Retraite spirituelle pour un jour de chaque mois*, du R. P. Croisset (1710, 4 vol. in-12), souvent réimprimées. Voltaire les prend pour cible dans sa correspondance des années 1760 comme symbole d'une bigoterie stupide.

Il en va de même du *Flos sanctorum, o Libro de Las vidas de los Santos* (Madrid, 1599), 2 vol. in-f°, par le jésuite espagnol Pedro Ribadeneira. C'est un extrait de la *Légende dorée*. Il fut souvent traduit en français.

2. La *grâce efficace* est bien connue. Le *concours concomitant* est la sorte de grâce que Dieu accorde dans le cours même des actions des hommes pour aider ceux-ci à éviter le péché.

DOSSIER

CHRONOLOGIE

1694-1778

1694. Première édition du *dictionnaire* de l'Académie française.
21 novembre : naissance à Paris de François-Marie Arouet.

1697. Traité de Ryswick, mettant fin à la guerre de la Ligue d'Augsbourg, débutée en 1688.
Bayle, *Dictionnaire historique et critique*.
Perrault, *Contes de ma mère l'Oye*.

1701. Début de la guerre de Succession d'Espagne.

1704. François-Marie Arouet entre au collège des Jésuites, futur lycée Louis-le-Grand.

1705. Il est introduit par l'abbé de Châteauneuf, son parrain, dans la société libertine du Temple.

1710. Destruction de Port-Royal.

1713. Traité d'Utrecht, qui met fin à la guerre de Succession d'Espagne. François-Marie se rend à La Haye, secrétaire de l'ambassadeur de France.

1715. Mort de Louis XIV.

1716. François-Marie Arouet est exilé à Tulle, puis à Sully-sur-Loire, pour deux écrits satiriques contre le Régent, Philippe d'Orléans.
Law fonde la Banque générale.

1717. François-Marie Arouet est incarcéré pour onze mois à la Bastille en raison de ses écrits.
Retz, *Mémoires*.

1718. *Œdipe*, première tragédie de François-Marie Arouet.

François-Marie Arouet prend le nom de Voltaire.
1719. Daniel Defoe, *Robinson Crusoé*.
1720. Fuite de Law, après la faillite du « système ».
1721. Montesquieu, *Lettres persanes*.
1722. Mission de Voltaire en Hollande.
1723. *La Henriade*, poème épique.
Majorité de Louis XV.
1726. Altercation avec le chevalier de Rohan : Voltaire est emprisonné à la Bastille, puis exilé en Angleterre.
1728. Voltaire rentre clandestinement en France.
1730. *Sur la mort de Mademoiselle Lecouvreur*, poème.
Brutus, tragédie.
Marivaux, *Le Jeu de l'amour et du hasard*.
Histoire de Charles XII.
1732. *Zaïre*, tragédie.
1733. Début de la guerre de Succession de Pologne.
1734. *Lettres philosophiques*, qui provoquent un scandale.
Voltaire, menacé d'arrestation, s'enfuit en Champagne, à Cirey, chez Mme du Châtelet.
1735. *La Mort de César*, tragédie.
1736. *Alzire ou les Américains*, tragédie.
Correspondance avec le futur Frédéric II de Prusse.
1738. *Discours sur l'homme*.
Éléments de la philosophie de Newton.
Traité de Vienne, qui met fin à la guerre de Succession de Pologne.
1740. Frédéric II devient roi de Prusse.
Début de la guerre de Succession d'Autriche
1741. *Mahomet*, tragédie.
1743. *Mérope*, tragédie.
Mission diplomatique de Voltaire à Berlin
1745. Voltaire est nommé historiographe du roi de France.
La Bataille de Fontenoy, poème.
1746. Voltaire est élu à l'Académie française ; nommé gentilhomme ordinaire de la chambre du roi.
Vauvenargues, *Réflexions et maximes*.
1747. *Memnon*, première version de *Zadig*, conte.

Le libraire Le Breton confie à Diderot et d'Alembert la direction de l'*Encyclopédie.*

1748. Voltaire séjourne en Lorraine à la cour de Stanislas Leczinski.
Sémiramis, tragédie. *Zadig. Le Monde comme il va.*
Traité d'Aix-la-Chapelle, qui met fin à la guerre de Succession d'Autriche.
Montesquieu, *De l'esprit des lois.*

1750. Départ de Voltaire pour Potsdam.
Rousseau, *Discours sur les sciences et les arts*

1751. Premier volume de l'*Encyclopédie.*

1752. *Le Siècle de Louis XIV*, non autorisé en France, paraît à Berlin.
Micromégas, conte.
Querelle de Voltaire avec Maupertuis, directeur de l'Académie de Berlin.

1753. Voltaire, brouillé avec Frédéric II, quitte Berlin.
Buffon élu à l'Académie française, *Discours sur le style.*

1754. Rousseau, *Discours sur l'inégalité.*
Voltaire se rend à Genève.

1755. Voltaire s'installe aux « Délices », près de Genève.
Tremblement de terre de Lisbonne, le 1er novembre.
L'Orphelin de la Chine, tragédie.

1756. *Essai sur l'histoire générale et sur les mœurs.*
Début de la guerre de Sept Ans.

1757. Scandale de l'article « Genève » de l'*Encyclopédie*
Défaite française à Rossbach.

1758 Rousseau, *Lettre à d'Alembert sur les spectacles*
Quesnay, *Tableau économique.*
Voltaire achète près de Genève, mais en territoire français, Ferney et Tournay.

1759. *Candide*, conte.

1760. *Tancrède*, tragédie.
L'Écossaise, comédie.
Voltaire adopte Marie Corneille, petite-nièce du dramaturge.
Début de la grande guerre philosophique.

1761. Rousseau, *La Nouvelle Héloïse*.
1762. Début de l'affaire Calas.
Le Parlement ordonne l'expulsion des jésuites.
Rousseau, *Émile* et *Du contrat social*.
1763. *Traité sur la tolérance*.
Traité de Paris, qui met fin à la guerre de Sept Ans.
1764. *Jeannot et Colin*, conte.
Dictionnaire philosophique portatif.
1766. Affaire du chevalier de La Barre, exécuté pour trahison.
1767. *L'Ingénu*, conte.
Affaire Sirven.
1768. *L'Homme aux quarante écus*, *La Princesse de Babylone*, contes. *Précis du siècle de Louis XV*.
Acquisition de la Corse.
Quesnay, *La Physiocratie*.
1770. Conflit entre Louis XV et le Parlement.
1771. Bougainville, *Voyage autour du monde*.
1772. Diderot, *Jacques le Fataliste*.
1773. Fondation du Grand Orient de France.
Dissolution de la Compagnie de Jésus par le pape Clément XIV.
1774. Mort de Louis XV, avènement de Louis XVI.
Le Taureau blanc, conte.
1775. Publication de l'édition dite « encadrée » des œuvres complètes de Voltaire.
1776. *La Bible enfin expliquée*.
Déclaration d'Indépendance américaine.
Restif de la Bretonne, *Le Paysan et la paysanne pervertis*.
1777. *Irène*, tragédie.
1778. Retour de Voltaire à Paris, « apothéose ». Il meurt le 30 mai.
Mort de Rousseau le 2 juillet.

BIBLIOGRAPHIE

On trouvera dans l'édition des *Romans et contes* de Voltaire par Frédéric Deloffre et Jacques Van den Heuvel avec la collaboration de Jacqueline Hellegouarc'h, à la Bibliothèque de la Pléiade, Gallimard, 1979, une bibliographie détaillée, ainsi que des indications complémentaires concernant la composition, la publication et le commentaire de *Micromégas* et de *L'Ingénu*. Seuls les ouvrages de critique les plus importants sont donc mentionnés ici.

I. *Biographie*

Voltaire en son temps, sous la direction de René Pomeau, Fayard, 1995, 2 vol.

II. *Études générales sur Voltaire*

Lanson, Gustave, *Voltaire*, Paris, 1906 ; rééd. par René Pomeau, Hachette, 1960.

Naves, Raymond, *Voltaire*, « *L'homme* et *l'œuvre* », Boivin, 1942.

Pomeau, René, *Voltaire par lui-même*, Le Seuil, 1955.

—, *La Religion de Voltaire*, Paris, 1956, 2e éd., Nizet, 1969. Étude approfondie de la pensée religieuse de Voltaire.

Wade, Ira O., *The Intellectual Development of Voltaire*, Princeton, New Jersey, Princeton University Press, 1969.

Mason, Haydn T., *Voltaire*, Londres, Hutchinson, 1975.
Inventaire Voltaire, édition publiée sous la direction de Jean Goulemot, André Magnan et Didier Masseau, Gallimard, Quarto, 1995.

III. *Sur les contes en général*

Van den Heuvel, Jacques, *Voltaire dans ses contes : de* Micromégas *à* L'Ingénu (1967), Slatkine, 1999. Étude fondamentale.
Mylne, Vivienne, « Literary Techniques and Methods in Voltaire's Contes Philosophiques », *Studies on Voltaire and the Eighteenth Century*, 67, 1967, p. 1055-1080.
Rigo, Dora Bienaimé, *Gli ultimi racconti di Voltaire*, Pise, Libreria Goliardica, 1974. Deux chapitres généraux, un sur la poétique du conte, l'autre sur la « destination philosophique du voyage », suivis d'une étude détaillée du *Blanc et noir*, de *La Princesse de Babylone*, et des *Lettres d'Amabed.*
Sherman, Carol, *Reading Voltaire's* Contes. *A Semiotics of Philosophical Narration*, Chapel Hill, North Carolina, 1985.

IV. *Sur* Micromégas *et* L'Ingenu *en particulier*

Starobinski, Jean, « L'Ingénu sur la plage », étude reprise dans « Le fusil à deux coups de Voltaire », *Le Remède dans le mal*, Gallimard, NRF essais, 1989.

MICROMÉGAS

L'INGÉNU

COLLECTION FOLIO

Dernières parutions

4053. Catherine Cusset	*Confession d'une radine.*
4055. Thierry Jonquet	*La Vigie* (à paraître).
4056. Erika Krouse	*Passe me voir un de ces jours.*
4057. Philippe Le Guillou	*Les marées du Faou.*
4058. Frances Mayes	*Swan.*
4059. Joyce Carol Oates	*Nulle et Grande Gueule.*
4060. Edgar Allan Poe	*Histoires extraordinaires.*
4061. George Sand	*Lettres d'une vie.*
4062. Frédéric Beigbeder	*99 francs.*
4063. Balzac	*Les Chouans.*
4064. Bernardin de Saint Pierre	*Paul et Virginie.*
4065. Raphaël Confiant	*Nuée ardente.*
4066. Florence Delay	*Dit Nerval.*
4067. Jean Rolin	*La clôture.*
4068. Philippe Claudel	*Les petites mécaniques.*
4069. Eduardo Barrios	*L'enfant qui devint fou d'amour.*
4070. Neil Bissoondath	*Un baume pour le cœur.*
4071. Jonahan Coe	*Bienvenue au club.*
4072. Toni Davidson	*Cicatrices.*
4073. Philippe Delerm	*Le buveur de temps.*
4074. Masuji Ibuse	*Pluie noire.*
4075. Camille Laurens	*L'Amour, roman.*
4076. François Nourissier	*Prince des berlingots.*
4077. Jean d'Ormesson	*C'était bien.*
4078. Pascal Quignard	*Les Ombres errantes.*
4079. Isaac B. Singer	*De nouveau au tribunal de mon père.*
4080. Pierre Loti	*Matelot.*
4081. Edgar Allan Poe	*Histoires extraordinaires.*
4082. Lian Hearn	*Le clan des Otori, II : les Neiges de l'exil.*
4083. La Bible	*Psaumes.*
4084. La Bible	*Proverbes.*
4085. La Bible	*Évangiles.*
4086. La Bible	*Lettres de Paul.*
4087. Pierre Bergé	*Les jours s'en vont je demeure.*
4088. Benjamin Berton	*Sauvageons.*
4089. Clémence Boulouque	*Mort d'un silence.*
4090. Paule Constant	*Sucre et secret.*
4091. Nicolas Fargues	*One Man Show.*